GOBOOKS
& SITAK
GROUP©

GOBOOKS
& SITAK
GROUP©

三日月書版

三日月書版

輕世代
FW146

隔壁の美少女是傳說龍不可以嗎？ 3

甚音◆NOVEL
ILLUST◆雨宮luky

三日月書版

隔壁の美少女是傳龍不可以嗎？

目錄

龍羽黑

17歲，雲景高中一年級。喜歡黑色的服飾。
有一點大小姐性格，身為驕傲尊貴的龍族，卻因為年紀輕的緣故，對人類世界的知識不足，常常犯下一些傻事。
不喜歡被兄姐當作小孩子看待，時常想證明自己可以獨立自主。
畢竟是女孩子，私下喜歡可愛的小東西。

韓宇庭

16歲，雲景高中一年級。
綽號是班長，在班上擔任的卻是副班長。
性格溫和、老實，平常不太與人爭執，像個好好先生一樣禮讓他人，但遇到必須保護的東西時，內心能夠激發出勇氣。
受到瘋迷於奇幻魔法的媽媽影響，對智慧種族非常有興趣，偏偏得了「智慧種族過敏症」，而相當苦惱。未來希望念和智慧種族相關的科系。

序

昏暗幽微的宅第，寧靜深邃的走廊盡頭，是一扇緊閉的門扉，散發著難以靠近的氣息。

忽然，某道屬於少女的淒厲叫聲劃破寂靜。

「呀啊——」

那是足以令聽者悚然一驚的悲鳴。

「不，不要！」

少女似乎正面臨著某項可怕的遭遇，聲音中充滿顫抖。

「拜託，住手，別再靠近了！」

然而對方似乎無視於少女的苦苦求饒，依舊持續進逼，證據就是少女接下來的哀告聲中仍然充滿了無比的恐懼。

「不、不行啊！不可以這樣做，我受不了了！」

少女的叫喊開始變得語無倫次，逐漸變得高亢、急促的哀號以及喘息聲，讓人難以想像房間裡頭究竟發生了什麼。

「這樣下去我會壞掉的！呀啊啊啊啊啊！」

啊啊，從少女的話聽起來，如今就已經是極限了啊！大事不妙，到底該怎麼辦才好？少女就要瀕臨壞掉的邊緣，哪個人能來救救她呢？

就在這時，緊閉的大門，終於被前來搭救的勇者一鼓作氣衝破。

衝進來的是赤褐頭髮與小麥色肌膚，並且不知為何身上穿著女僕裝的高眺少女。

「伊莉莎白！」

只見這名少女臉上流露著難以掩飾的緊張神情，以驚人的氣勢迅速闖進房間正中央，把手上握緊的掃把當作彷彿隨時都可以展開戰鬥的武器。

「誰敢對我們大小姐動手？是大少爺、二少爺還是姨太太？不管是誰派來的傢伙，都給儘管我放馬過來吧！」

凜凜喝聲剛吐出口便空虛地消失在清冷的空氣中。

整個房間空蕩蕩的，一個敵人也沒有，只有主人和她的客人，轉過頭來看向愣在當場不知所措的褐髮女僕。

「咦，到底……」年輕女僕困惑地說道，「我還以為是要對伊莉莎白不利的刺客。究竟發生什麼事了？」

「米娜，哇啊啊啊啊——」

隨即，這個房間的真正主人，一頭金髮的蘿莉美少女撲進年輕女僕的懷抱之中。

「嗚哇，我被欺負啦！」

一、招待前來的朋友，是龍

「這、這是怎麼一回事啊？」

一頭霧水的米娜好不容易才讓混亂的伊莉莎白冷靜下來，接著向端坐在房間裡頭的另一個存在，投出詢問的目光。

「沒什麼，她只不過是受了一點刺激而已。」

黑髮少女以若無其事的口氣回答。

「受到一點刺激會慘叫得那麼離譜嗎？妳們到底是做了什麼？」米娜哭笑不得，同時也注意到了，龍羽黑拿著一樣東西。

她眨了眨眼，再三確認了對方手上所拿著的物品。

想不到那竟然只是一支電視遊樂器的手把。

「原來只是……在打電動而已啊！」

米娜拍了拍額頭，「啊，我想起來了，在我們出門之前，伊莉莎白妳邀請龍羽黑同學一起玩遊戲。」

然而只是玩遊戲，怎麼會鬧出剛剛那種動靜？

視線移到少女背後，那是一臺和電影院銀幕相比也不遑多讓的巨大液晶電視，奢華地占據了整面牆壁的空間，此時正耀眼地閃爍著對比分外鮮明的兩排字體——鮮紅色的 win 和綠色的

lose 大字，清清楚楚地說明了激戰的結局。

用不著說，渾身散發著高高在上氣勢的黑髮少女，肯定是贏的那一邊。

「只是輸了一局比賽，應該沒有什麼——」

「只有一局而已嗎？」

「咦？」米娜再次認真地注視著液晶電視的大螢幕，此時褐髮少女看見了一個不可思議的數字。

「二、二十連勝，這怎麼可能……」她不禁咋舌，「輸得好慘。」

「而且是二十款遊戲的二十連勝唷！」

黑髮少女指向手邊堆得好高的一疊遊戲光碟。看來米娜離開的這段期間，她們已經玩了不少款遊戲。

這下子伊莉莎白更加暴跳如雷。

「嗚嗚，我不相信，我怎麼會輸給這隻……這隻可惡的臭龍！」

她難以接受地說著，肩膀也垮了下來。

「哼！妳說的那是什麼話？明明是妳自己技不如人，少貶低我了。」黑髮少女不以為然地開口說道，「況且才輸個幾場就哭哭啼啼的，平時的威風都到哪裡去了？」

「我、我哪有哭？」伊莉莎白氣鼓鼓地辯解，「這、這只是不小心滴到眼睛裡面的汗水啦！」

「哦～原來是汗水～」

「好了，既然只是遊戲，大家一起開開心心玩就好，輸贏並不是最重要的。」看著兩人越說場面越僵，米娜連忙跳進來打著圓場。

「米娜說的沒錯，吸血鬼妳也要早一點適應自己沒有我厲害的事實。」

「妳說誰沒有妳厲害？」金髮少女咆哮了起來。

龍羽黑挑挑眉，一副「分明就是妳太弱」的嘲諷模樣。

「可惡！」受不了挑釁的伊莉莎白再次衝回了螢幕面前，指著黑髮少女的鼻子高聲叫道，「再換一個遊戲，我就不信這次還會輸給妳！」

「還學不會教訓呀，妳這隻笨吸血鬼，別忘記妳已經二十連敗了不是嗎？」龍羽黑吐吐舌頭，得理不饒人地說道。

「少、少囉唆，這只是剛好我今天的狀況比較不好，對，狀況不好而已！」伊莉莎白不服輸地握拳高吼，「快點過來，讓我一雪前恥。」

龍羽黑從容地拾起遊戲手把，接受挑戰。

「豈有此理，妳明明就是第一次碰這些遊戲，理應被我打得落花流水之後哭哭啼啼地請求我放妳一馬才對呀！」

「哇啊，妳演得還真像啊！」龍羽黑輕輕揚起嘴角，「只可惜這種狀況永遠不會發生，妳挑的這些遊戲都太簡單了，我一下子就能掌握玩法。」

「妳居然說這些遊戲簡單？」伊莉莎白的嘴唇開闔得一顫一顫的，看來大受打擊，「妳根本不知道我平常放假花了多少心血才苦練出這種身手，竟然被說得一文不值，這還像話嗎？」

「呃，我剛剛有聽錯嗎，吸血鬼？聽妳的口氣，好像都把假日花在打電動上面。」龍羽黑困惑地搔了搔臉頰，「莫非妳沒什麼朋友？」

「這、這……誰、誰說的，本姑娘……當然還是有朋友的……啊……」

雖然伊莉莎白急急忙忙地駁斥，但卻不知道自己早就被那張發白的面孔出賣了，連米娜都因為看不下去而捂起了面孔——她真的很不善於說謊。

這套牽強的說詞當然被龍羽黑一眼看穿，黑髮少女一副恍然大悟的神情，接著轉頭朝四面八方看了一遍，「虧妳住在這麼令人羨慕的大房子裡頭，居然連一個能陪妳玩耍的人都找不到。」

「別、別對本姑娘露出那種憐憫的表情！」

金髮吸血鬼顫抖著尖聲叫道，滿面通紅地瞪著龍羽黑，幾秒鐘之後，又垂頭喪氣地露出了放棄般的表情。

「對啦，妳猜的沒有錯……別看我住得這麼光鮮亮麗，可是這些都只不過是表象而已。」伊莉莎白嘆了一口氣說道，「除了米娜之外，僕人們都因為畏懼著吸血鬼族的權勢，和我保持一定的距離，我根本難得和任何人說上幾句話，也別想結交朋友。龍羽黑，儘管妳說羨慕我的住所和生活，可是我卻更羨慕妳們在外面的世界裡自由自在。」

「伊莉莎白……」米娜心疼地說道。

「嗯，好吧，吸血鬼，看來我不應該嘲笑妳。」龍羽黑露出理解的神情，「關於妳剛剛所說的……或許我可以幫助妳改變。」

「妳、妳是說……」

對著伊莉莎白抬起頭來所露出的殷殷期盼的眼神，龍羽黑斬釘截鐵地說道：「這樣吧，我可以勉為其難當妳的主人，妳就不會覺得自己和僕人們有什麼隔閡了。」

「妳、妳怎麼會得出這種結論！」伊莉莎白氣得差點說不出話來，「不、不對，妳又算是哪根蔥啊，居然說要當我的主人？我看反過來還差不多吧！」

「住口，我可是智慧種族中的貴族——龍族的龍羽黑大人啊，小小的吸血鬼，能夠侍奉我是妳的榮幸，不然，就以接下來的這場比賽決一勝負。」

「求之不得！」伊莉莎白氣勢高昂地大喊，「本姑娘這次絕對不會再輸了！」

「要什麼挑戰都儘管來吧，反正在韓宇庭回來之前我有很多時間可以陪妳。」

「不要說得好像是施捨我一樣。」

「錯了，這不是在施捨妳，而是準備再打敗妳一次。」龍羽黑針鋒相對地說道。

兩人便這樣相互鬥著嘴，重新開啟了新的一場遊戲對戰。

褐髮女僕先是看著臉上出現繃緊神色的潮紅，因為對手的步步進逼而情不自禁地咬住了嘴唇的伊莉莎白，接著再望向正單手撥弄著頭髮，另一手飛快地操縱控制搖桿一派輕鬆寫意的龍羽黑，於是啞然失笑起來。

在對戰的過程中，儘管兀自辯駁不休，口頭上絲毫不願退讓，可是她們彼此的目光中卻不見深仇大恨，而是隱藏著一股真摯且溫暖的笑意，彷彿是兩名結識多年的好友在互相鬥嘴。

米娜心中泛起一絲釋然的寬慰。

「太好了。」她一邊替兩人倒滿茶水一邊說著，「伊莉莎白總算是結交到可以真心相待的朋友了呢！」

長久以來，米娜與伊莉莎白總是同甘共苦，很多事情一直默默地看在眼內。

「咦？」因著米娜的一句話語，龍羽黑和伊莉莎白同時轉過頭來。

「米、米娜，妳在說些什麼？」

「作為智慧種族的有力上族『吸血鬼』的家主之女，伊莉莎白，對妳而言，出身在世家名門的世界裡，並不是一種祝福，而是牢籠啊！」米娜不顧伊莉莎白的困窘而繼續說著，「尤其是這占地數百坪的吸血鬼族豪宅，放眼望去根本就與左鄰右舍無緣，伊莉莎白的童年是十分孤寂的。」

龍羽黑停止了遊戲，放下手上的事物，靜靜聽著。

「除了我以外，伊莉莎白找不到任何可以相互傾吐真心的同年齡對象，即使有人接近，也多半是為了她身為德古拉千金的身分，別有意圖而來。」

如果不是總是陪伴在一旁的米娜，或許無法體會伊莉莎白的無奈，上流社會的爾虞我詐本來就超乎想像，甚至連德古拉的家族中，為了爭權奪利，也有不少人對伊莉莎白不懷好意。

但是即便感到心疼，僅只是身為一介女僕的她卻也無能為力。

「本以為進入人類世界的學校後狀況會有所改變，但是伊莉莎白在學校裡頭卻被捧成高高在上的存在，反而與普通同學關係更為疏遠，原本還以為永遠不可能會有轉機了。」米娜頓了一頓，說，「就在這個時候，龍羽黑同學妳出現了，我十分感謝妳。」

龍羽黑受寵若驚地說道，「感謝……我？」

「不感謝妳，那要感謝誰呢？雖然起先被伊莉莎白視為爭奪校園女王的對手，然而就在不知不覺中，彼此相互肯定，甚至到了最後還一同克服了難關與挑戰，對她而言，妳是唯一一個將她視為平等存在看待的人。」米娜揚起嘴角，「難道這就是無心插柳柳成蔭嗎？」

只有像龍那樣偉大的種族，才會無視於千百年來型塑於智慧種族之間的階級意識，一視同仁地看待世間萬物吧！龍羽黑既不像尋常的智慧種族學生，因為伊莉莎白吸血鬼的身分對其敬而遠之，也不像人類那樣受伊莉莎白的美貌與魅惑的能力影響，將其視為必須百般呵護，不可褻玩的存在。

以龍族廣博的胸襟，只是單純地，不帶任何意圖與歧見，接納了伊莉莎白。

黑髮少女聞言延伸視線，伊莉莎白趕緊轉過頭。

那視線就像是在詢問著「原來妳是這樣子看我的嗎」一般，充滿了驚奇與詫異，彷彿蜂刺一樣將她雪白的後頸螫得通紅。

「不、不要得寸進尺了，本姑娘才沒有把妳當作朋友，只不過是姑且承認妳是值得我打敗的對手而已，妳這個笨蛋！」

「妳說誰是笨蛋？」本來還沉浸在溫馨氣息裡的龍羽黑把眉頭一皺，「說別人是笨蛋的傢伙自己才是笨蛋吧，也不想想剛才是誰輸得那麼悽慘？」

真是毫無格調的小孩子鬥嘴，然而伊莉莎白是不可能輕易示弱的。

「現在就要一雪前恥！」

「有本事就來吧，看招！」

「看招……嗚哇！」

真可惜，格鬥遊戲的勝負只憑操縱者的氣勢還是沒辦法反敗為勝，一眨眼間，伊莉莎白所操控的人物血條再度見底。

「不玩了，不玩了！」金髮吸血鬼懊惱地叫嚷著，將控制手把扔到了地板上，「老是輸給妳，實在太無趣了。」

「嗯，這樣就不玩了嗎？真是的，我還以為在韓宇庭回來之前可以拿妳打發時間呢！」龍羽黑得了便宜還賣乖地說道。

「這是什麼話，本姑娘才不是讓妳打發時間用的！」

伊莉莎白氣鼓鼓地揮起了拳頭，不過軟弱無力的粉拳一下子就被龍羽黑避開。

「咦，說到這個，韓宇庭怎麼沒有和米娜妳一起回來呢，你們不是一起去取什麼歷史資料了嗎？而且米娜，妳怎麼變成了人類型態啦？」

「這個……」米娜支吾了起來，「解釋起來有點複雜。」

龍羽黑和伊莉莎白歪起了頭，一副不解其意的面孔。

正當來自兩人純真的視線刺得米娜不知該如何回應時，窗外忽然傳來一陣刺耳的爆裂聲，震得玻璃窗隆隆作響，天花板粉塵飛漫，三名少女驚恐地滾到地上。

「怎、怎麼回事？」

「喂！吸血鬼，難道有人在妳家院子裡頭放鞭炮嗎？」

「我怎麼知道啊？」伊莉莎白慌慌張張地回答。

就算是鞭炮，那也得是一百捆同時點燃的鞭炮，不然怎麼可能製造出這種聲響？

「妳家的事情，別說妳不知道……呃？」

比起猶自錯愕的米娜，身為上族與貴族的龍羽黑及伊莉莎白兩人，更快地感受到某種事物的存在。

她們相視一眼，同時脫口說出答案：

「……是魔力。」

而且是很強的魔力。

就在這時，恢復過來的米娜飛快地衝到窗邊，掀起厚厚的窗簾，探向庭院之中，隨即露出吃驚的表情。

「不好了，現在不是繼續玩電動遊樂器的時候了。」她轉過頭望向兩人，一臉焦急的神色，

「韓宇庭他們有麻煩了！」

「什麼？」

「呀啊！」

在尖叫聲響起的同時，一道道可怕的亮光猛然迸開。

即使在白晝之中，依然亮得刺眼的閃電白光，散發著懾人心魂的威勢，瘋狂肆虐著吸血鬼家族引以為傲的奢華庭園。遠處接連響起了失魂落魄的叫喊，大概是在吸血鬼家族庭院中工作的工人吧，看見了這幅光景，哪怕是膽子再大的人都會拔腿就跑。

這樣的閃電絕對不可能是屬於自然的產物，唯一能夠引發這種現象的，只有那名為「魔法」的奇特力量。

「最後再問你一次，真的要與我們為敵？」

「不管問幾次，我的答案都一樣。」

「真是倔強。」巫海生搖了搖頭，猛一咬牙，眼神突然變得凶惡，「那麼，韓宇庭，你可不要怪我。」

「喝！」

巫海生發出底氣十足的吶喊，緊接著，連接在魔法師手掌上的閃電，就像一條在地面上不住捲絞扭動的頑強巨蛇，不安分地想要脫離施法者的操控，將周圍的一切化為齏粉。

掀翻了芳草如織的庭園，斬裂了精美的大理石雕，炸碎了厚實平整的柏油路面，凶惡的光之巨蛇所要襲擊的目標，乃是對峙在魔法師前方的一對少年少女，正是韓宇庭與黎雅心兩人。

「嗚喔！」黎雅心大叫，「他們殺過來了，韓宇庭，有辦法嗎？」

「哪有什麼辦法？」韓宇庭踉踉蹌蹌地退了好幾步，「難道要我把它擋下來嗎？要怎麼擋？」

高漲的魔力從巫海生的掌心溢散向外，閃電的軌跡同時刻劃入韓宇庭的雙眼，儘管看得到魔力的流動，卻不代表擁有阻擋下來的方法。

韓宇庭十分後悔沒有向巫海生學過抵抗魔法的方式，話說回來，巫海生也只有教他如何將魔力引導入體內罷了。啊啊，真是書到用時方恨少！但是這時的韓宇庭根本沒有仔細思量這句話到底用得對不對的時間。

「雅心，到我身後去！」

眼見閃電直逼眼前，韓宇庭奮力地把手足無措的黎雅心推到一旁，再挺身而出，用自身肉體保護最好的朋友。

來勢洶洶的閃電毫不客氣地朝他噬來，就像巨蛇捕鼠般狠狠咬住了獵物。

「韓宇庭！」

「哇啊！」

劈里啪啦～閃電的爆響聲震耳欲聾，幾乎掩蓋了他們的吶喊，擊中韓宇庭的閃電爆出令人目盲的強光，在場的眾人只能舉手遮擋。

「成、成功了嗎？」

施放完了這麼強力的魔法，巫海生額上流下大量冷汗。

「首領，你沒事吧？」

巫海生揮一揮手，驅退上前關心的部下，說道：「沒什麼，我只是有些疲倦而已。」

「因為您剛剛施展的是非常強力的法術啊，首領，應該不必用這麼強大的魔法對付一個小孩吧？」

「不，那是你們都把事情想得太簡單了。」巫海生篤定地反駁了手下的意見。「看吧，那傢伙還沒倒下！」

正如他所言，魔法師們轉過頭望向閃電劈落之處，果然見到了韓宇庭還直挺挺地站在原地不動，不禁發出驚訝的嘆息。

「韓宇庭，你沒事吧？」黎雅心不顧一切地衝過去，擔憂地把韓宇庭從頭到腳摸了個遍，「喂！該不會把腦子電壞了吧，告訴我，這是多少？」

「痛、痛！哎唷！這是一、一二三四五六七。黎雅心，拜託妳不要趁這個時候耍我……」

「嗚嗚，幸好你沒事！」她急切地一把抱住韓宇庭。

「我、我沒事啦，不要再搖了。」

儘管韓宇庭的臉上依然驚魂未定，可是看起來並沒有受到嚴重的傷害。

「你是怎麼擋住那道閃電的？真是太厲害了！」

真是難以置信，普通人受到了狂暴閃電的正面襲擊之後，還依然能夠毫髮無傷嗎？

「呼！其實這不是我的功勞，是龍鱗銀小姐加在我身上的魔法救了我……呃，只不過身體好像都快麻掉了。」

是那身上的鎧甲救了他。在韓宇庭周身縈繞著的一股白光，乍看之下，彷彿是一具半虛半實的盔甲，這套龍鱗盔甲能夠抵銷傷害性的魔法，具有強大保護力，已經不知道拯救了他的性命多少次。

「我早就知道我的魔法奈何不了你，龍的魔法果然厲害，連這麼高等的閃電術也能夠擋住。」不遠處的巫海生彷彿一點也不意外，甚至當看見韓宇庭安然無恙時，臉上竟露出些許難以察覺的安心神色，「只不過，無論龍鱗盔甲多有奇效，應該也有承受的極限吧？」

韓宇庭沉下臉色，正如巫海生所說，龍鱗盔甲雖然不斷吸收著周圍殘存的電光，發出滋滋作響的雜音，可是它的型態也漸漸變得透明，好像隨時都會消失。

「再來一發魔法應該就能結束這一切了，我猜對了嗎？」

韓宇庭勉勉強強地喘著氣，「不過，老師你的魔力也已經用完了吧？」

「我確實沒有剩餘的魔力了，可是，他們不一樣！」巫海生豎起拇指往身後的部下們比了一比。

「我已經制伏住這小子了，你們還不快點使出魔法攻擊，把他們給我抓起來！」

魔法師們對於耳裡聽到的命令感到有些不可思議。

「您、您說什麼？」

要他們使用強大的魔法，攻擊這兩個一點也不起眼的小孩子嗎？

「還在蘑菇什麼，他們可是我們抓住龍的重要人質啊！」

「遵、遵命！」

魔法師們不敢怠慢，趕緊湧到巫海生的身前，黎雅心慌張地看了看韓宇庭，再看看對著他們喃喃念起咒語的魔法師，一時拿不定主意。

「雅心，快逃。」

「笨蛋，我怎麼可能丟下你不管！」

「真是讓人敬佩的同學愛。」巫海生搖了搖頭，接著大喝，「魔法師們，聽好了。速戰速決，使出你們最拿手的魔法！」

「遵命！」

魔法師們抖擻精神，迅速地將體內的魔力聚集成了實體化的魔法。

「火球術！」

頃刻之間，自魔法師們手中接連噴出了顆顆火球，在半空中劃出許多道細長的軌跡，好像把天空織成一捲熾紅色的布疋。

「唔哇！燙死了，這是什麼魔法，難道是把我們當成烤乳豬嗎？」

「操控火焰的魔法，本來就是人類魔法師們所擅長的招數，因為它可以說是型塑人類世界文明的最基本能量。」

「真是辛苦了，但是我又沒有要你們說明。」

黎雅心隨口的一句話讓魔法師們氣得跳腳。

「少廢話，我倒要看看你們怎麼應付接下來的攻擊！」

熾熱的高溫將兩人的臉頰燙得通紅，黎雅心跌跌撞撞地坐倒在地上，「怎、怎麼辦啊，韓宇庭？再、再擋一次？」

就在此時，龍鱗鎧甲忽然消散無蹤，嚇得兩人高聲尖叫。

「完蛋了，怎麼會在這個時候——」

「不得了了，照這個情況看來，只有使用『密策』！」黎雅心靈機一動地大喊。

「密、密策？」

黎雅心誇張的喊聲使得場邊的魔法師錯愕地頓了一頓，甚至就連巫海生和韓宇庭也露出驚訝的表情。

「什麼密策？」

「那就是——」把握住敵人短暫的失神，黎雅心爬了起來，一把抓住韓宇庭的手臂。

「嗄？」

「三十六計，走為上策！」

「嗚哇！臭小子，你們別想跑！」發現中計了的魔法師們在一溜煙逃離現場的兩人背後揮拳抗議。

轟轟轟～火球在兩人原本待著的地方炸裂四散，濃密的黑煙就像一朵抽芽生長的蕈菇，朝天空怒放。

「笨蛋，趕快給我追啊！」巫海生咆哮道。

二、迎戰魔法師

「躲、躲在這裡真的沒問題嗎？」

「沒問題的……別、別忘了我的種族特殊能力，那些臭魔法師就算使用魔力偵測術也絕對沒辦法發現我們。」

「可、可是這裡好擠……那個，雅心，妳可不可以稍微挪動一下？」

「噓……閉嘴，你小聲一點！」黎雅心惡狠狠地低聲喝叱著，緊接著韓宇庭的嘴巴馬上就被某種柔軟溫熱又粗糙堅硬的東西給塞了起來。

「嗚嗚！嗚嗚嗚嗚！」

「不要吵了，外面有腳步聲。」

韓宇庭聽了黎雅心的低語之後立刻僵硬得不敢動彈，狹小空間中的黎雅心慢慢挪動她的身體，朝韓宇庭更加靠近，彷彿是認為靠得越近就越能發揮拉彌亞族的種族能力，也就是消除魔力痕跡的特殊本領，但也可能單純只是感到不安。緊緊貼黏在自己身上的柔軟女性身體，傳來撲通撲通飛快的心跳。

忽然，黎雅心緊緊摟住韓宇庭，把他的身體用力往下沉。

啪啊！

突然感覺到擠壓著身體的壓力變得輕鬆了一點，韓宇庭的一顆心卻差點跳出胸腔，因為這

代表他們藏身之處已經被人打開了，幸好堵在韓宇庭喉嚨的那樣東西讓他不至於因為驚嚇而發出任何聲音。

「嗯？好像不在這裡。」

「喂！有發現到什麼嗎？」

「沒有，只是長得很奇怪的消防水管罷了。」

「不可能會有人藏在消防箱裡頭的啦，別浪費時間了，快點繼續找別的地方吧！」

「嗯嗯。不過還真奇怪，為什麼魔力偵測術沒辦法找到那小子的位置？剛剛戰鬥的時候，他身上明明還有強烈的魔力存留啊！」

「好像走遠了。」

門口重新關上，恢復一片黑暗。

黎雅心說完之後，把塞著韓宇庭嘴巴的東西抽了出來，韓宇庭的口舌終於重獲自由。

「妳、妳把什麼東西塞進我的嘴裡？」他緊張地問道，「觸手？」

「笨蛋，什麼觸手？那是我的尾巴！」黎雅心生氣地說道，下意識地想要抽手去打韓宇庭的頭，可是他們兩個實在靠得太緊了，勉強移動四肢的結果卻是讓兩個人都痛得唉唉叫，但是她不肯善罷甘休，毫不客氣地用額頭撞過去，「我是拉彌亞族，是蛇身女妖！噁，尾巴都濕濕的，韓宇庭，你是不是小孩子啊，流那麼多口水幹嘛？」

「哎唷！」韓宇庭抗議，「妳不要這麼粗魯嘛！」一下子拿東西堵我的嘴，一下子又用頭撞我下巴。」

「別不識好人心了，韓宇庭，剛才要不是我，說不定我們已經被魔法師發現了！」黎雅心哼了一聲，「別忘記我們現在的處境，再稍微忍耐一下，還是你想現在我們一起出去被抓？」

「當然不想。」

「對吧？沒人想要被火球烤成人乾的啊！」黎雅心噴了一口氣說道，「不過也要慶幸吸血鬼家的房子很大，消防箱也大得足夠塞進兩個人，而那些魔法師們更是蠢得會把蛇的身體誤認成水管。」

「因為他們看見的是妳的肚子吧。」

「我這可是十足地犧牲了色相啊！唉，不過，居然說我的肚子像水管，真是太讓我受傷了。」

「為了保住我們的小命，現在也不是計較這麼多的時候了。」

黎雅心聳了聳肩，「話說回來，我們現在該怎麼出去？」

「我也在煩惱這個問題……雅心，妳能不能趁魔法師不備之際用魔法撂倒他們？」

「我辦不到啦，我只是個半智慧種族，吸收魔力恢復成拉彌亞族的型態已經是我的極限了，我甚至連自行製造魔力的能力都沒有。」

「說、說得也是，妳從來不曾讓我過敏。」

「咦？」

「雅心，妳聽我說，其實我的智慧種族過敏症，病源是智慧種族所具有的魔力，不是因為智慧種族本身的關係。」

「原來如此，難怪有著智慧種族血統的我即使和你互相碰觸，也不會令你過敏，唉，這也不知道該說是幸還是不幸，要是我能夠製造魔力的話，或許就不必活得那麼辛苦了。」黎雅心幽幽地說道，「不提這個了，倒是龍除了給你那副破破爛爛的盔甲之外，就沒有別的法寶了嗎？」

「沒有耶。」

黎雅心嘖嘖兩聲，「龍居然只給你這種能力，讓我想到了一個和你很貼切的詞語——『砲灰』。」

「被妳這麼形容還真是一點都高興不起來啊，而且萬一我們繼續困在這裡，搞不好真的一輩子也見不到砲灰了。」

「唔，那真可難過，想一想他也挺好笑的。」

「好笑不好笑並不是重點。」韓宇庭正色說道，「時間迫在眉睫，再不趕快警告龍同學的話，搞不好魔法師會跳過我們，直接對她下手。」

「要是我們有能力對抗魔法師就好了。」黎雅心無奈地說道，「可惜我們只是空有吸收魔力的體質，卻不會運用……啊，等等，好像又有腳步聲來了。」

黎雅心緊緊地抱住了韓宇庭，同時屏住呼吸專注地監視著外部的細微變動。

可是她卻沒有發覺韓宇庭反而因此陷入了很大的麻煩……

「雅、雅心……」韓宇庭的聲音顯得極度忍耐，「可、可不可以把妳的尾巴稍微挪開一點，我快……快要忍不住了……哈……哈……哈……」

哈啾！

「在那邊！」

魔法師們立刻捕捉到了怪異聲音的來源位置，不消片刻，數顆蓄滿力量的火球便氣勢洶洶地轟向藏著那個可疑水管的消防箱。

「嗚哇！」

韓宇庭和黎雅心被強烈的爆炸轟了出來，黎雅心在體內的魔力用完以後，恢復了人類的身形，兩人一同狼狽地滾落到走廊的地板上。

「哈啊，臭小子，居然想到藏在那種地方，簡直是在看不起我們魔法師的智商！」

魔法師們看起來憤怒異常。

「嗚嗚，這次真的無路可逃了。」

黎雅心哭喪著臉，試著尋找逃生的路徑，但是他們被前後夾攻，不管上下左右，都被魔法師團團包圍，看來真的走投無路了。韓宇庭緊緊握住了拳頭，但是想要以肉拳抵抗威力驚人的魔法，這樣的念頭實在荒謬得可笑。

「火球術！」

魔法師們率先發動攻擊，可怕的火球落向兩人所在的位置，激起了大片爆炸和塵煙。

「好啊！把他們炸成碎片！」

魔法師們興奮地手舞足蹈，可是就在這時候——

「風啊！把這些惱人的煙霧都捲走吧！」

隨著少女清朗的話音，不知從哪裡吹來了一陣強風，把滾滾濃煙颳得一乾二淨，而原本應該被火球術砲擊得體無完膚的韓宇庭與黎雅心，則依然好端端地站在原地。

「咳咳咳……嗚哇！」黑煙被捲向魔法師們的位置，嗆得他們不停地咳嗽。

魔法師們狼狽地朝著自己的頭頂上又撥又趕，好不容易終於從自己造出來的煙霧裡頭脫身，卻發現眼前多出了兩名各為黑髮以及金髮的娉婷少女。

「你們難道沒有聽說過嗎？『不要在龍的面前施展魔法』！」

威風凜凜地守護在兩人的正前方，放下高舉的手，這名黑髮少女不用說，正是龍羽黑。在驕縱傲氣的高中生少女外表底下，黑髮少女的血統甚至比吸血鬼更為古老，那就是智慧種族中的貴族——龍。

「居然敢在別人家搗亂，膽子真是不小。」伊莉莎白則是杏眼圓睜，露出白森森的牙齒，忿忿不平地說道，「難道你們沒有學過當客人的禮儀嗎？小心本姑娘把你們全都踹出去！」

魔法師們憤怒地大喊，「妳說什麼？嗚哇！」

伊莉莎白手一揚，立刻在牆壁上炸開一個大洞，把魔法師們趕到了庭院，而龍羽黑這邊的人則慢慢走到仍舊飄著縷縷白煙的洞口，雙方之間隔著數公尺的距離相互怒視。

「呼、呼……幸好趕上了。」另一道身影急匆匆地奔到韓宇庭以黎雅心身旁。

「米娜？」韓宇庭驚訝地說，「妳們怎麼來了？」

「我們從房間裡頭看見你們遭受攻擊……現在不是管這個的時候，我先幫你們治療。」依舊維持著人類型態的狼人米娜熟練地開啟了醫藥箱，取出大片顏色暗沉的藥膏往韓宇庭兩人的傷處抹。

「喂！那是哪來的小丫頭？」魔法師中立刻有人沉聲喝斥，「大人的事情少管！」

可是也有人認出了對方的身分。

「等、等一下，是龍——那個黑色頭髮的。」

「龍？難道是目標的龍，可是，是個小女孩啊！」

「那麼另外一個又是誰？」

魔法師們七嘴八舌地交談起來，半數以上的人雖然知道任務的目標是龍，卻從來不曾知悉對方的長相，這時不禁對於自己追捕的對象居然是個小女孩而感到震驚。任憑他們在任務前做過了多少心理準備，也絕難想像被繪聲繪影地說得神通廣大的龍竟會是這副模樣。

「現在不是執著這種事情的時候了，你們這群蠢貨！」

巫海生氣急敗壞地從遠處趕了過來，打斷了手下們的徬徨疑惑。

「既然目標出現了，那就快一點動手，要是德古拉回來之前我們還沒抓住她，我們的麻煩就大了。」

「咦？啊！對喔！」

魔法師們紛紛會意過來。

不管怎麼說，他們現在能夠在吸血鬼的宅第裡面展開戰鬥，甚至盡情施展魔法，當然都是因為得到了此地主人的默許。

無論是吸血鬼還是魔法師都有著共同的目標，那就是名為「幼龍」的這項寶物，為了得到幼龍，德古拉與巫海生所屬的魔法師教團之間處於既競爭又合作的微妙狀態。

龍是無窮無盡的魔力來源，這世上的任何一個智慧種族上族以及魔法師，凡是要施展魔法，先決條件是必須擁有充足的魔力。然而人類世界與他們遍地都是魔力的家鄉不同，是個幾乎完全沒有自然生成的魔力存在之處。智慧種族們為了找到這種寶貴的資源，無不用盡了各種方法，而偶然間發現的龍羽黑，則是對於這項困境的解答。

假使錯過這次的機會，德古拉就會正式出手，到了那個時候，魔法師教團想要得到幼龍，就得付出極大代價了。

「龍同學、伊莉莎白同學……」

「我們來遲了，幸好你們沒受什麼傷。」龍羽黑歪著頭，「你怎麼穿成這副模樣？」

「呃，不，這是有原因的……」

韓宇庭急急忙忙地想把身上那件破破爛爛的女僕裝扯下來，在接連受到魔法師的攻擊以後，套在身外的這件黑白圍裙裝扮雖然已經化為幾縷牽連不清的布條，但還是可以看出它並非給男生穿的衣服。

「哎呀呀呀啊啊！」但是手指頭才剛剛移動，他立刻感覺到全身上下的每一條肌肉都發起了激烈的抗議。

「怎麼啦？」

韓宇庭無奈地看著龍羽黑說：「我、我現在連站都站不起來了……」

「站不起來啊，那真是……可憐啊！」黎雅心掩著嘴吃吃地偷笑，一面伸出小指頭做出了充滿暗示性的動作。

「喂喂！都什麼時候了，妳還這樣取笑我？」

「哈哈哈，真是抱歉，我只是心情鬆懈下來，所以才開了點小玩笑而已，男孩子不要為了這點小事計較唷！」黎雅心調皮地眨眨眼，「我來幫你拿掉女僕裝好了，米娜，妳也來幫忙。」

「女僕？」龍羽黑瞪大了眼睛，「韓宇庭，你什麼時候有這種噁心的癖好？」

「臭黎雅心，妳幹嘛說出那個字？」

韓宇庭埋怨地瞪著好友，然而後者不但完全沒有歉意，反而還露出一臉陰謀得逞的表情，根本拿她一點辦法也沒有。

不過好在有了黎雅心和米娜的協助，韓宇庭總算能夠擺脫身上那件令他尷尬無比的衣服了。

「果然還是這樣子比較順眼。」龍羽黑對著恢復正常模樣的韓宇庭上下打量，「韓宇庭，不適合自己的事情就不要去做。」

「我並沒有打算嘗試變成一個女生啊！」

「努力看看，說不定你也能找到一片天空啊！」龍羽黑彈著手指說道，「對了，那些魔法師為什麼要攻擊你們？」

「呃，這個……」

「不用說，一定又是為了龍身上的魔力對吧？」

伊莉莎白接口說道，免去韓宇庭不知如何答覆的窘狀。

「嗯，對、對，就是這個樣子。只不過被我們撞破了。」

這樣他就不用詳細向龍羽黑說明從昨天晚上開始發生的一切事情了。龍羽黑似乎不是很滿意這個答案，但還算可以接受，她轉身面向那一大群魔法師。

「總之，先把他們都解決再說吧！」

「小心一點，對方好像滿厲害的。」黎雅心還因為方才所遭受的攻擊而餘悸猶存。

然而即使聽見了黎雅心的警告，吸血鬼少女卻彷彿一點也不擔心，不屑地哼了一聲。

「這群傢伙跟吸血鬼大法師的程度比起來差得遠了。」

「是、是這樣嗎？」

雖然伊莉莎白說得雲淡風輕，但是不擅長魔法的韓宇庭和黎雅心不見得能夠如此從容。

「妳別忘了，現在是我們被他們包圍喔！」黎雅心辛辣地提醒道，「再不想想辦法，被人當成RPG遊戲裡面的怪物般幹掉的可是我們！」

「知道啦，我們會處理。」伊莉莎白不悅地回應道，接著轉頭說，「喂，龍，妳要和我一起上嗎？」

「當然沒有問題……唔……」

「怎麼了？」

「龍同學……」坐倒在地上的韓宇庭吃力地抬起頭。

「笨蛋，你不要多說話。你現在應該要專心恢復才是。」

「不……」韓宇庭現在已經慢慢地收回了身體四肢的知覺，也開始能動一動脖子以下的部位，不放棄地開口：「翼藍先生有提醒過，龍同學妳不應該使用過多的魔力。」

「我又沒有事。」龍羽黑皺著眉，頗不服氣地說道。

「妳身體的狀況是瞞不了我的，只要用魔力偵測術一看就知道了。」

龍羽黑嘖了一聲。

韓宇庭的擔憂並不是全無理由。

透過體內還殘留著的些許魔力，韓宇庭的雙眼發揮著獨特的天賦，能夠隨時隨地看見這世上魔力的流動。在他眼中，龍羽黑的身體彷彿是一道巨大的枷鎖，將她體內充盈浩瀚的魔力牢牢鎖住。

雖然有著無限的魔力，若是無法隨心所欲地使用，終究也是徒勞。就像一座水庫蓄水量再怎麼充沛，假如只鑿開狹隘的排水口每次打開一點點讓水流通，豐沛的水量也依然無法得到充分利用。這就是龍羽黑現在的狀況。

「龍同學……再施展魔法的話，妳的身體會承受不住吧？」

方才龍羽黑為他們擋住了魔法師們所發射的猛烈攻擊，還施展了召喚風的魔法來驅趕煙霧，恐怕已經耗去她大多數的力量了。這段期間內，她必須等待體內的魔力一點一滴地流上表面，而且這過程似乎讓她覺得很辛苦，她的臉色相較於剛才稍微顯得蒼白。

伊莉莎白似乎也注意到了這個情況。

「我看還是算了，妳退下吧，本姑娘一個人也可以收拾他們。」

「妳叫我退下？」

吸血鬼別過頭去，故意不去正視龍羽黑。

「妳可別誤會了，這裡是我家，既然有不識趣的客人隨意搗亂，本姑娘身為主人自然有責任要好好教訓他們。」

她以高傲態度掩飾著流露出來的關心，使得黑髮少女躊躇了一陣，似乎不知道該不該領情。

「好吧。」

龍羽黑最後還是決定接受伊莉莎白的好意，只不過口頭上可不能被占了便宜。

「這些小嘍囉還不需要我出馬，就交給妳打發好了。」

伊莉莎白咂了咂嘴，本來還想反唇相譏，然而魔法師們已經從先前的慌亂中恢復鎮定，面對著迅速聚集起來的對手，她也只好放棄和龍羽黑鬥嘴的念頭。

「可惡，不管妳們是何方神聖，奉勸妳們最好別想來阻礙我們的好事，識相的話趕快退到旁邊去！」

「這句話是本姑娘的臺詞吧，你們才應該挾著尾巴溜出這裡，本姑娘還可以裝作沒看見不跟你們追究。」

魔法師們氣得哇哇大叫，「傲慢的丫頭，不要敬酒不吃吃罰酒。」

「有什麼本領儘管使出來吧。」伊莉莎白看似胸有成竹，一點也不把對手放在眼內。

「就讓妳們瞧瞧我們的厲害。」魔法師們說完開始聚集著力量，摩拳擦掌，準備好好教訓一下對手。

「這次又是什麼魔法？」

魔法師們露出了一副「看了可別吃驚啊」的神情，很快地就將他們得意的魔法完成了。

「火球術！」

可怕的火球挾帶熾灼熱風，嘯空捲向韓宇庭等人。

可是伊莉莎白卻陡然向前一步，接著在火球即將欺近身前之際，抬手一揮——在眾人不敢置信的目光中，將襲來的火球化為塵埃。

「這……這怎麼可能？」魔法師們面面相覷，驚訝得下巴都快要掉下來了。

「你們就只有這點能耐嗎？」伊莉莎白氣勢洶洶地嘲諷道，「這點道行給本姑娘塞牙縫都還不夠哩！」

「可惡……」魔法師們擺出輕易地被主角擊倒的小嘍囉般的表情，「那就接我們最厲害的這招——」

他們沉聲大喊，同時高舉雙手，看起來似乎是要使出什麼不得了的招數。

看對手的氣勢，這次的攻擊很厲害的樣子。

「——超級．火球術！」

黎雅心終於忍不住高聲大喊，「你們來來去去就只有這招火球術能用而已嗎？」

「有眼無珠的丫頭，我們這招跟之前的可不一樣，是特別厲害，超級、超級的版本。」魔法師生氣地回嘴。

「不都只是丟丟火球的法術而已嗎，哪有什麼區別啊？」

魔法師翻翻白眼，「笨蛋，說了妳也不會懂。所謂眾志成城，這麼強大的魔力結合在一起，小丫頭妳也沒辦法擋得住吧！哈哈哈哈～」

空氣開始因為蒸騰而變得朦朧，猖狂的笑聲中，無數的火球慢慢集中在一起，形成一大片超級巨大的火焰之海。

「可惡，在故事裡頭只有卑鄙小人才會搞倚多為勝這招啊！」黎雅心牙尖嘴利地諷刺道。

「沒有這回事，少年漫畫英雄主角也是靠著勝利、友情跟努力三本柱才能打倒魔王的呢！」

「嗚哇，好不要臉，居然把自己和少年漫畫相比。」

「喔……」就在魔法師們跟黎雅心相互展開舌頭跟牙齒上的激烈交鋒，毫無節操地亂噴一氣的同時，伊莉莎白則是望著眼前的光景露出了難得的嚴肅神色，「這倒有點意思啊！」

「伊莉莎白同學，妳不要緊吧？」

吸血鬼少女一張一握的手掌，散發著倔強不肯認輸的意志。不過她此刻積存的魔力其實並沒有辦法抵禦這麼多道火球。

「該怎麼辦呢？」

聽見了伊莉莎白的喃喃細語，龍羽黑很快地舉起了右手，運用著僅存的魔力，施展起深奧的法術。

「咦？」

原本以為龍羽黑要接替伊莉莎白向對方的攻擊採取防禦，然而看起來卻不是這麼一回事。

「烏雲啊，到我這裡來吧！」

隨著龍羽黑的召喚，他們頭頂上的天空突然變得暗沉，不一會兒居然聚集起了大片的烏雲，遮蔽了陽光。

「烏雲？這有什麼用？」韓宇庭納悶地問道，「難道妳想要下雨淋熄他們的火球嗎？」

龍羽黑正在聚精會神，沒有回答他的疑問。

就連魔法師們也帶著同樣的疑惑眼神，然而這並未阻止他們繼續加強手上的力量。昏暗的天色中，唯有吸血鬼的雙眼與之相反地閃爍著明亮的光芒。

「幹得好，龍，我現在需要的就是這個。」

她說出了讓韓宇庭和黎雅心一頭霧水的話語。

伊莉莎白和龍羽黑交換了一個心有靈犀的眼神。

「去、去吧……我暫時只能做到這樣。」

「交給我吧！」

「嗚哇哇，野ㄚ頭們！」就在此時，對面的魔法師們終於完成了魔法，「現在嘗嘗我們的厲害！」

韓宇庭他們剛一轉頭，只見魔法師們接二連三地揮動了手臂，甩出了無數的火球。火球飛向天空，接著就像雨點一樣朝著他們衝了過來。

「嗚哇！」黎雅心驚慌失措地一把抱住韓宇庭，「火球飛過來了！」

「少鬼吼鬼叫的，本姑娘不是說過我會處理嗎？」

伊莉莎白丟下這麼一句話，身形突然從眾人面前消失。

「咦，她到哪裡去了？」

不只是黎雅心，就連魔法師們也發出了慌慌張張的高喊，因為吸血鬼的速度實在太快，直到韓宇庭憑藉著魔力的流動，率先從驚訝中恢復過來，並且捕捉到她的身影。

「在上面！」

韓宇庭快速地抬頭，血液裡頭的魔力好像都在跳動，因為伊莉莎白陡然爆發出了強大的魔力脈動，讓他沒有辦法不察覺到。

「原來是這樣！」他終於明白龍羽黑為什麼要召喚烏雲了。

身在半空中的吸血鬼，已經不再是原本那副乾癟細瘦的小孩身材，那騁馳於天空中的一道剪影，屬於一名身材婀娜、高眺美麗的少女。

化作變身型態的伊莉莎白猶如騰雲駕霧般，幾個縱身踩踏，毫不猶豫地迎向撲面而來的一連串火球。

「危險啊，伊莉莎白，妳想自殺嗎？」

黎雅心在後頭擔心地叫著，可是伊莉莎白置若罔聞，彷彿眼前的火球之雨在她眼中，只不過是小菜一碟。

「喝！」伊莉莎白張開雙手，在兩手手心間各自升起騰騰烈焰，接著朝兩旁逐一擊出，小小的烈焰頃刻間化為火龍，凶猛地將對手的火球吞噬。

「這怎麼可能？」

目睹了這一景象的魔法師們爆發出了詫異的呼喊，只差沒有屁滾尿流……不，恐怕早已相去不遠了吧！

「這才是本姑娘完全解放力量之後的實力啊。」伊莉莎白在半空中高傲地朝著底下望去，「讓本姑娘教教你們什麼才是火球術吧！」

被火龍吞噬殆盡的火焰，如今完全集中起來，凝聚成了一顆比先前更為巨大的火球，就連他們頭頂上的烏雲，都好像要被火球燒開一個大洞，而單舉火球的伊莉莎白，將視線落在了眼前的敵人身上。

「嗚、嗚哇啊啊！」

現在，要輪到魔法師們發出慘叫了。

「接招！」

伊莉莎白扔出了巨大的火球，走避不及的魔法師們，只能眼睜睜地看著毀滅性的法術鋪天蓋地地降臨在自己身上。

「哇啊啊啊啊啊啊！」

接下來，韓宇庭他們親眼目睹到了畢生難忘的災難畫面。

砰砰砰砰——

擊中了地面的火球產生巨大的爆炸，可怕的高溫氣流向外急速擴張，幾乎要把他們捲倒。被炸飛的魔法師們一一從爆炸的火焰暴風中向外跌出，發出此起彼落的哀鳴，整個場景，簡直就像是把好萊塢式動作片中的畫面活生生搬過來一樣。

就連身在爆炸範圍之外的韓宇庭跟黎雅心、米娜三人，也被可怕的暴風給颳倒在地，只有龍羽黑能夠勉強維持著站立的姿勢。

「他、他們還好吧？」

韓宇庭爬起來後馬上指著那些東倒西歪地躺在地上的魔法師，擔憂地向著龍羽黑問道。儘管前一刻間還被對方追捕，可是在這一幕發生後也不禁對於他們的遭遇產生了同情。

「別擔心，他們身上還有留一些魔力保護自己，而且吸血鬼剛剛有留手了。」

「這、這樣都算是留手？」黎雅心敬畏地吞了吞口水，「我們拉彌亞族的魔法實力和吸血鬼實在是差得太遠了。」

伊莉莎白從容不迫地降到魔法師們的面前，他們都七橫八豎地躺在地上呻吟，再沒有一個人有能力站得起來進行反擊了。

「贏啦贏啦！」黎雅心忍不住雀躍地手舞足蹈，高聲歡呼道：「伊莉莎白這麼厲害，然後我們還有龍同學這張跟她不相上下的王牌，不管魔法師們有三頭六臂也奈何不了我們。」

韓宇庭苦笑，「別高興得太早，雅心，雖然我們獲勝了，但是傷害了這麼多人，也沒有什麼值得慶賀的。」

「唔～討厭，韓宇庭你就是個性太善良了，那些傢伙剛剛還想攻擊我們耶！」

伊莉莎白走到巫海生面前，渾身遭受火傷焦黑的魔法師首領緩慢地抬起頭來。

「呃、呃啊……伊莉莎白！」

巫海生看起來連抬起手臂的力量也沒有，模樣變得十分狼狽。雖然在最後一刻使出了僅存的魔力，勉強打消了大部分的爆炸傷害，可是卻也沒辦法阻止強勁的氣流把自己颳走，於是他像紙片一樣地被捲飛起來，直到撞上一棵庭院裡的大樹，落下後便氣空力盡地癱軟在那兒。

「巫老師……不，巫海生先生，現在你們應該認輸了吧？」

「認輸？說什麼傻話，我們……」

「巫老師，你們已經全軍覆沒了喔。」走上前來的米娜冷靜地說道。

巫老師望著遍地昏厥的手下，一時之間一個字都吐不出來。

「他們……全都被妳一擊就打敗了嗎？」

伊莉莎白默默地點了點頭。

「呃，這……唉……我也不得不認輸了。」巫海生搖了搖頭，「真沒想到妳和我待在一起的時候一直在隱藏實力啊，伊莉莎白，看來我的確是被擺了一道。」

「當時……當時那是父親的命令，所以我不得已才必須協助你。」伊莉莎白遲疑地說，「而且吸血鬼如果沒有吸取足夠的血液，也不可能使出這股力量，所以我也不算是欺騙了你。」

「是嗎？嘖嘖！看來我們魔法師教團果然還是太高估自己了，人類和智慧種族的魔法資質相差得太遠，即使儲存了同樣的魔力，我們也沒辦法像你們那樣施展出那麼強大的魔法。」他的語氣間雖然疲憊，卻又隱約有些自得，「話又說回來，至少這也算是看見自己的學生青出於藍，更勝於藍吧，所以我還算是有一些些值得安慰。」

說完這些話之後，巫海生轉頭交會著韓宇庭的視線。

「老師……」迎上巫海生的視線之後，韓宇庭雖然有很多話想說，可是一時之間，無數的話語縈繞在腦海，到了最後還是什麼話都沒有說出口，只好搖了搖頭。

「韓宇庭和黎雅心同學。」巫海生嘆了一口氣，「讓我向你們致歉，很抱歉居然命令手下攻擊你們，我實在不配做你們的老師。」

他頓了一頓，接著才望向龍羽黑。

「還有，也很對不起妳，龍羽黑同學，給妳製造了這麼多的麻煩。」

「為什麼要跟我道歉呢，我完全不記得你對我做過了什麼。」

龍羽黑搔了搔腦袋，露出了一副困惑不解的神情，韓宇庭知道這是因為龍翼藍洗去了她遭受吸血鬼襲擊的相關記憶，因此產生了認知上的不協調。

「我只不過是來朋友家玩一趟，沒想到居然會發生這種事，你是不是應該解釋……」

韓宇庭連忙插嘴：「老師。」

「嗯？」

「既然你們已經認輸，那麼我想知道接下來魔法師教團打算怎麼做？」

「還能怎麼做？依照約定好的，我們教團不會再對龍出手。」巫海生虛弱地笑了笑說，「沒想到會被打敗，看來魔法師所選擇的這條自私的道路果然連上天也不予以認同。但是這樣也好，其實我也有點累了，不想要再為了滿足私欲不斷做出這種卑劣的事情，以後即使沒了魔力，我也打算順其自然。」

「這樣是最好不過了。」韓宇庭點了點頭，事情到了這裡，他並不想繼續節外生枝，況且魔法師們也被伊莉莎白教訓了一頓，算是得到應有的懲罰，「就讓這件事情到此結束吧，現在我只希望一切能夠趕快回到正軌。」

「等一下！」這時突然打斷他們對話的竟然是龍羽黑，「這件事情跟我有關吧？越是聽著你們之間的對話，我就越覺得記憶裡面好像有什麼東西銜接不上，你們是不是有什麼事情瞞著我？」

「瞞著妳？」巫海生驚訝地說道，「其實也沒有什麼事情好隱瞞的，不過就是……」

巫海生還沒得來及把話說完，就被一陣尖叫聲打斷。

「呀啊——」

三、大吸血鬼與小人類

「伊莉莎白？」

站在韓宇庭和龍羽黑後方的米娜倉皇地尖叫。

「吸血鬼？」

「妳怎麼了，伊莉莎白同學？」

兩人急忙轉身，不約而同地發出了焦急的呼喊，卻發現金髮吸血鬼的面色變得無比蒼白。

伊莉莎白開始不停地顫抖。同一時間，就在他們頭頂上的情景出現了變化，眾人訝異地抬頭，原本被龍羽黑召喚過來的烏雲竟然慢慢散了開來，日光從大片厚積的雲朵中間穿透，而被這日光照到的伊莉莎白則發出了痛苦的呻吟。

「呃啊……」

「伊、伊莉莎白，嗚哇，好燙！」

從吸血鬼身上飄散出來的白煙似乎帶有高溫的熱度，黎雅心不得不抽開手，但是米娜則是奮不顧身地衝向摯友，也多虧了有她，伊莉莎白在摔倒的時候才沒有直接撞到地面上。

在日光的照射下，伊莉莎白原本玲瓏有緻的身材迅速縮回幼女的型態。

「怎麼……會這樣？」

「伊莉莎白，妳實在太讓我失望，想不到妳居然會背叛吸血鬼一族，站在龍的那邊。」

韓宇庭他們抬起頭來，訝異地看見附近不知何時，居然已經出現了一大群的吸血鬼族，把他們團團包圍住。而穿著黑色西裝的吸血鬼族，看起來就像現代的黑手黨一樣，渾身散發著凶惡的氣勢，令人看了不寒而慄。

在那些人當中有一位男人顯得格外顯眼，在清一色黑衣黑褲的手下簇擁之間，只有他一人穿著雪白的套裝，氣勢也與其他人不同，看起來就像是這一行人中的老大。

吸血鬼族都站在烏雲的陰影之下，這樣說起來，好像只有他們頭頂上的一小塊區域受到了日光照射，難道是為了封住伊莉莎白的行動嗎？

伊莉莎白的嘴裡吐出了令人為之驚訝的字詞。

「父……父親……」

「什麼？」韓宇庭再三來回觀望著伊莉莎白與那名吸血鬼，那名中年吸血鬼的容貌，讓韓宇庭回到一些奇幻作品裡頭常出現的角色。

「難、難道……」

米娜驚恐的呼喊讓他更加確認了對方的身分。

「德、德、德、德古拉大人？」

「真的是吸血鬼的族長德古拉？」

「真是的，好好的花園居然被你們搞得一團糟。」白色套裝男人越過滿目瘡痍的庭院走來，惋惜地看著身邊的風景，而對倒在地上的魔法師們視而不見。能夠精準地表現出他的性格的形容詞，就叫做「冷酷」。

看起來年紀只比巫海生大不了幾歲的德古拉對自己的女兒連看都不看一眼，反而先以傲慢不屑的口氣向魔法師說道：「巫海生，居然連一個小丫頭都擺平不了，你真是讓我失望啊。」

「嘿，那可是……令千金呢！」巫海生強忍著痛楚回嘴。

「不過是個還沒有完全繼承我力量的小鬼，在我眼中一點價值也沒有。也只有這樣不成熟的傢伙，才會跑去讀人類的學校，和那些下等種族廝混在一塊，丟盡我們吸血鬼族的臉面。」

德古拉不客氣的言論不但讓身為人類的韓宇庭和巫海生很不舒服，黎雅心以及米娜更是一下子失去了臉上的血色。

在這個時候，只有一個人有本事反唇相譏。

「會說出這種低級難聽的話，看起來你也並不是多有教養的傢伙嘛！」

「嗯？是誰敢說出這種大話？」

「如果說到下等種族，在我的眼裡你們也差不了多少，少在那裡自抬身價了。」

「龍……龍……」被強制解除了變身狀態的伊莉莎白虛弱地抓著龍羽黑的腳，露出哀求的神情，「不要那樣挑釁他，我父親……他很厲害。」

「別露出那種窩囊模樣，笨蛋吸血鬼，就算那是妳父親，我也不能就讓他那樣子侮辱我的朋友。」龍羽黑怔了一怔，然後拍拍她的頭說道：「我絕對會替妳討回公道，伊莉莎白。」

「呵……我還以為是誰有這麼大的膽量呢，原來是妳啊，龍，好一個伶牙俐齒的小姑娘。妳現在是在用自己的身體替她遮擋陽光嗎？看來我那個不成材的女兒受了妳不少照顧嘛！」

「她是我的朋友，照顧她是理所當然的。」

「原來如此，果然一個人再怎麼努力，也只能夠結交到水準差不多的朋友，妳說是不是呢，龍？」

「不要叫我龍，只有不懂得禮貌的人才會不曉得稱呼別人的名字，我叫做龍羽黑，給我記好了。」龍羽黑氣勢堂堂地說道。

「龍羽黑？」德古拉點點頭，「我會記得的……但也說不定很快就會忘記。龍羽黑，等我把妳捉起來，盡情壓榨出妳身上的魔力之後，我就再也不需要記得妳的名字了。」

「可、可惡，想不到他居然能夠這麼露骨地說出自己打的醜惡算盤。」黎雅心帶著反胃的表情說道。

「又是一個覬覦龍族魔力的傢伙嗎？」龍羽黑的臉上則是呈現了顯而易見的鄙夷，「現在的智慧種族是怎麼了，不但忘記了『不要在龍面前使用魔法』的訓誡，甚至還打起捕捉龍的主意？」

「現在已經不是『龍代』了，龍羽黑，過去那些有關龍的可怕傳說，在我看來只不過是怯懦祖先的誇大其詞罷了。我會抓住妳，然後次天使族、翼魔族和九尾狐族，也都將不再是我們吸血鬼族的對手！」

德古拉舉起了手，指向了龍羽黑一行人。

「吸血鬼族的戰士們，聽令！抓住那頭幼龍，其餘的人隨便你們處置。抓到幼龍的人，我將會賞賜給他額外的人類血液。」

吸血鬼族人們一聽到首領的賞賜，紛紛發出了激動的歡呼聲，越過德古拉的身邊。

「連我也打算解決掉嗎？」巫海生焦急地看著衝過來的對手說，「大家小心了，別忘了吸血鬼們在沒有日光的地方可以變身。」

也就是說，他們每個人都會變得比現在更加危險嗎？韓宇庭抬起頭來，焦急地說道：「可惡，要是烏雲全都散開就好了。」

「德古拉才不會這麼做，他就是知道我們的戰力，才只在我們頭頂上打出個缺口的，這傢伙，連對待自己的女兒都這麼無情無義。」米娜咬牙切齒地說道。

吸血鬼們一邊衝過來一邊從懷裡掏出小水晶瓶，瓶子裡頭盛裝的液體當然就是血液，喝下血液之後，即使只是最低階的吸血鬼家族成員，也能在短時間內化為擁有強大身體能力的戰士。

「龍、龍羽黑同學，妳能夠使用魔法嗎？」

此時他們這裡的成員是狀態虛弱的魔法師、被變不了身的吸血鬼、失去魔力的狼人、不會用魔法的半拉彌亞族以及普通的人類，因此巫海生冀望地看向唯一一名能夠戰鬥的人選，也就是龍羽黑。

但是他並不知道龍羽黑有無法大量使用魔力的限制。

她的狀態並沒有完全恢復過來，卻依然走到了眾人面前。

「唔……喝啊！」

她凝聚起魔力，合攏雙手並在掌心中造出一顆熾熱的火球。

龍羽黑把火球一分為二，把其中的一顆用力扔向前方，一瞬間在他們周圍製造出一圈火牆。

「嗚喔！她會使用魔法！」

「說什麼傻話，人家是龍呀！」

不耐高溫的吸血鬼們接二連三地在火牆前方停下了腳步，他們並不是畏懼這一公尺來高的火牆，而是龍羽黑在火牆後面氣勢洶洶地瞪視著他們，並且高舉剩下的那一顆火球展開威嚇。

「再靠近過來的，可別怪我不客氣！」

龍羽黑威風凜凜的姿態使得吸血鬼們都只敢待在火牆外面按兵不動，沒有人想要第一個上前吃下黑髮少女掌中的火球。

「不知道這種伎倆能夠撐得了多久。」伊莉莎白在龍羽黑的背後小小聲地向其他人說，「龍把所有的魔力都集中在這顆火球上面了，要是連這最後的手段也用掉，我們就沒辦法抵抗父親的手下了。」

「那該怎麼辦？」黎雅心焦急地問道。

「我也不知道。」伊莉莎白無奈地緊咬著嘴唇，「要是……要是我更有力量……」

「現在不是說這種話的時候了。」米娜打斷了她的自怨自艾，「妳這麼說，豈不是把羽黑的一番心意全都踐踏了嗎？」

「嗚！」吸血鬼發出了懊悔的聲音。

「你們都讓開！」

吸血鬼們聞言急忙讓道，只見不遠處的德古拉手上也同樣凝聚著魔法。吸血鬼的火球閃爍著藍色的光焰，散發出詭異的色彩，這顆火球輕描淡寫地離開了他的手掌，擊向火牆。

兩股魔力的可怕衝擊，讓龍羽黑也抬起手臂遮擋激起的塵風。

「那是……」韓宇庭驚訝得無法闔上嘴巴，德古拉的火焰竟然在吞噬龍羽黑的火牆，「火焰居然可以撲滅火焰？」

「哈哈哈……誰的魔力比較強，當然就可以壓倒對手。」德古拉就像篤信了自己已經勝利了一般地說道，「我還以為龍有什麼厲害的本領，沒想到居然就連最粗淺的火球術都使不好，要不要我教妳火球術的用法啊？」

「不必你雞婆。」龍羽黑逞強地投出手邊僅剩的一顆火球，但是就連這顆火球也被德古拉再次擲來的魔法擊碎。

「嗚！」

少了在前阻擋的火牆和龍羽黑手上的魔法威嚇，吸血鬼們就如同見了血的鬣狗，露出令人作嘔的笑容。

「上啊！」

「哇啊啊啊啊啊——」

在如豺狼虎豹般撲過來的吸血鬼面前，黎雅心只能發出尖叫，其他人也想起身奮戰，但是狀況極差無比的伊莉莎白卻忽然無力地倒進了米娜懷中。

「伊莉莎白同學？」

「糟、糟糕了，她已經昏過去了！」

「笨蛋吸血鬼？」

龍羽黑這時候犯了一個大錯，她焦急地轉頭，忽略了緊逼而來的吸血鬼敵人。

「呀啊！」

一轉眼之間，德古拉的吸血鬼部下已經衝到了他們身前，抓住黑髮少女的手腕，把她扯得失去了平衡，緊接著，被人從後方架住，剝奪了行動的能力。

「龍同學？呃、呃啊！」

落在韓宇庭胸口的一拳將他打得眼冒金星，踉蹌後退。

難道現在任何阻擋敵人的辦法都沒有了嗎？韓宇庭咬了咬牙，奮力衝向了被好幾名吸血鬼團團圍住的龍族少女。

「笨、笨蛋，你想要做什麼？」

「給我放開她！」

韓宇庭有勇無謀地拚命揮拳，只可惜一名高中生的拳頭對吸血鬼來說幾乎和蚊子叮差不多。吸血鬼大手一揮，他就像風箏一樣地飛了出去，骨碌碌地在地上打滾。

韓宇庭的舉動無異於以卵擊石，但是熱血上腦的他根本顧不了那麼多。

「喝啊啊啊！」

他沒有放棄，跌倒了就再繼續爬起來。他只想保護龍羽黑、黎雅心、伊莉莎白、米娜……那些他認定是朋友的人。

「喔喔，難不成這傢伙想要英雄救美？」

不少吸血鬼看見韓宇庭如此莽撞地衝來，立即轉過身，將目標對準了他。

能夠阻擋得了多少呢？如果抵擋不住，韓宇庭寧可以自己的身體作為盾牌……

砰！

背上忽然傳來一陣劇痛，韓宇庭慘叫出聲，「呃啊！」

「別、別傷害他！」

龍羽黑就像快哭出來似地高喊。

就在這時——

「龍、龍同學？」

就在這一瞬間，龍羽黑的憤怒衝破了臨界點，而趴在地上的韓宇庭則在此時目睹了十分驚人的一幕。

「啊啊、啊啊啊啊……」

「咦，怎麼回……呃啊！」

架住龍羽黑的吸血鬼還搞不清楚狀況，倏然間就像被烤焦似地發出了焦臭的黑煙。

黑髮少女重獲了自由，可是她卻彎下腰來痛苦地咳嗽，從她的身上竄出無可名狀的黑霧，就像決堤的洪水般不斷擴張，周圍的吸血鬼只要稍微沾到一點便一個接著一個地倒下。

龍羽黑身上的黑氣不斷暴竄，喀哩、喀哩，韓宇庭彷彿聽見了鎖鍊不斷斷裂的聲音。

更遠處的吸血鬼們也都聽見了這個聲響，慌慌張張地停下了腳步。

「怎、怎麼回事啊？」

「是那個女的，是那頭龍！」

「快點散開！」

吸血鬼們紛紛退到一旁，戒備地觀察著龍族少女。

韓宇庭跌跌撞撞地奔到半跪在地的龍羽黑身旁，伸手進入黑霧之中搖著她的肩膀，可是龍羽黑似乎失去了意識。

「龍同學，妳沒事吧？呃……」

「好……好痛苦……咳……咳……銀姐，藍哥……」

「龍同學……羽黑？」

四周圍的魔力濃度逐漸提高，甚至到了讓韓宇庭覺得呼吸困難的程度，龍羽黑的聲音也一下子就變了。

「顫慄，惶恐和灰燼……」

令人血液為之凍結的聲音，距離最近的韓宇庭一聽見就完全動彈不得了，連聲音也發不出。

瞬大的雙眼裡頭，看見的是龍羽黑身上隱約而出的異樣形貌。

「萬物都……終結。我是……」

巨大的黑色翅膀、頭、角、鱗片以及尾巴。

那是一頭模糊不清的……龍！

來、來不及了嗎？

韓宇庭心中湧現一陣絕望。

「喂！他們的樣子是不是有點奇怪？」

「管他的，那個丫頭好像變得沒有反應了，大夥兒趁現在上啊！」

遠處的吸血鬼終於再度有了動作，眼見龍羽黑的樣子遲遲沒有變化，他們也跟著放大了膽子。然而韓宇庭現在連一根手指也無法挪動，只能眼睜睜地看著吸血鬼們湧上前來。

龍同學……他在心底艱難地呼喚著。

就在無計可施之際，一道熟悉的聲音頓時間像是一杯香醇的咖啡，及時將韓宇庭從接近昏迷的狀態中拉回清醒。

「傻小子，你又想要莽莽撞撞地英雄救美了嗎？」

這道從容不迫的聲音穿插進凶險萬分的現場，聽得韓宇庭萬分錯愕，這個聲音是……

「小黑！別控制不住自己了！」

突如其來的大喝讓龍羽黑猛然恢復了意識。

「知、知道了！」

龍羽黑表情痛苦地抓著自己的雙肩，努力把瀕臨碎裂的「封印」壓制下來。

「——銀姐！」

「咦？」

隨著黑髮少女的高喊聲，吸血鬼們抬起頭來，很快地意識到自己大禍臨頭了！

「那、那是什麼？」

「呃呀啊啊啊——」

天空中的烏雲被一隻無形的大手粗暴地撕開，陽光毫不保留地傾瀉下來，而首當其衝的正是那些最靠近龍羽黑等人的吸血鬼們。

「嗚哇！呀啊啊啊啊！」

吸血鬼們發出了慘叫，跪倒在地或者是抱著頭打滾。

「火、火球術！」

這聲高喊完全沒有之前幾次那麼嘹亮，甚至可以說是有點慌慌張張，好像如果可以選擇的話，聲音的主人根本不想施放這個魔法。然而即使是不情不願的狀況下誕生的產物，這陣火球術之雨可說是大大地取得了輝煌的戰績。

一時之間，倒在地上的吸血鬼們閃避不及，成了火球最好的活靶。

「嗚哇！」

「呀啊啊啊——」

韓宇庭感覺自己好像把一年分的慘叫聲都給聽完了，猝然發生的變故令他不知該如何反應，一時之間呆若木雞，這時一隻冰冰涼涼的手掌握住他的手。

「龍同學？」

「保護住頭部。」

龍羽黑鎮定地說，然後抬起手來在他們兩人前方升起一面臨時的屏障。

爆炸的火球激起大片的泥土和熾熱飛散的火花，熱風雄勁地穿過他們身側，幸好屏障阻擋了這些無差別的攻擊，不然他就要跟著吸血鬼們一起體驗把身體各部位通通烤熟的樂趣了，想一想還真是一點也快樂不起來。

韓宇庭好不容易定下心神，眼前竟是一幅驚人的景象。

砰砰砰砰砰砰！

吸血鬼們就這樣俐落地飛上了半空，變成烤熟的小鳥……呃不，是烤熟的吸血鬼。

「怎麼回事？」事發突然，就連德古拉也措手不及，只能在遠處憤怒地高喊，吸血鬼族族長抬頭到處尋找攻擊者所在的位置，最後臉上浮現了難掩的驚愕表情，「怎麼會是你們？」

站在屋頂上，對著吸血鬼族施展無情轟擊的赫然是另一群的吸血鬼，而且這群人的身分更是讓韓宇庭結結巴巴，因為那全都是他認得的人。

「那不是……昨天晚上的……」

「千年大法師團？」德古拉不可置信地怒吼，「你們到底在搞什麼東西？」

「以其人之道，還治其人之身的滋味怎麼樣啊？哈哈哈哈！」在一大群吸血鬼法師之中，一名銀髮女子高聲狂笑，「拿吸血鬼族來反將吸血鬼族一軍，這真是絕妙的戰術，必定名留青史的超級軍師就此誕生！給我繼續轟！轟死他們！左滿舵，右滿舵！砲手群，全力——開火！」

「魔力已經用完啦，鱗銀大人！」

在龍鱗銀身旁被她架住的老邁吸血鬼法師悲慘地回應著。居然被迫要對自己的同胞下手，吸血鬼此刻的心情應該是恨不得找個地洞鑽下去。

而其他吸血鬼大法師則是頻頻向德古拉道歉：「請、請原諒我們，德古拉大人，我們實在是逼不得已，嗚哇！」

那聲慘叫聲是龍鱗銀狠狠地踹了他們的屁股，吸血鬼大法師們狼狽地攀住了屋簷，才沒有發生掉下去的慘劇。

「妳是誰？在對我的族人做些什麼？」

「也沒做什麼，我倒是想問你，你又在對我可愛的妹妹做些什麼呢？」

德古拉愣了一愣。

「妹妹？」

「你該不會是連自己襲擊的目標都沒搞清楚，就貿然派手下前去送死吧？」龍鱗銀把她那三言兩語就能將對方激怒得理智全無的能力發揮得淋漓盡致，又配上那一貫的自信又殘忍的笑容，「幾百年不見，吸血鬼族的膽子已經大到這種程度，以為自己天下無敵了呢！」

露骨的諷刺使得德古拉的五官全部皺了起來，但是吸血鬼族的首領可不是笨蛋，經過推敲以後馬上就掌握到了狀況。

「難道妳是龍族？」

龍鱗銀咧嘴一笑，無畏地環胸踏到屋頂邊緣，「怎麼，有膽對幼龍下手，面對成年的龍就開始底氣不足了嗎？」

「哼！」德古拉輕哼一聲，「妳說誰底氣不足？我可不是被人威脅到大的。我乃吸血鬼族的族長德古拉，是只有最強的吸血鬼才能擁有的稱號。」

「真是不想自報家門給你這種噁心的東西，不過實在沒辦法，你就叫我龍鱗銀吧。」

「龍鱗銀！」德古拉嚴厲地說道，「現在已經不是龍代，也就是說，不再是屬於你們龍族的年代了，那些嚇唬小孩子的故事就把它留到過去的時間裡頭吧！即使妳是真的龍族，也別認為自己能像以前一樣呼風喚雨，現在立刻放開我的族人！」

「我拒絕。你的族人害得我損失慘重，這筆帳非得好好跟他們算，你這身為老大的傢伙當然也不能置身事外。在我感到滿意之前他們都是我的人質。」

「竟然敢拒絕我的提議，妳會因為瞧不起我而付出代價。」

「你不也瞧不起除了你之外的其他智慧種族嗎？」

「嘶——」德古拉張開嘴巴，露出尖銳的牙齒威嚇。

「把其他種族當成低下物種看待的傲慢，那是只有龍族才被允許擁有的特權。你嘴巴張得那麼開，是想用口臭熏死我，還是想炫耀自己天天都有刷牙？」

聽到這句話站在建築物下方的黎雅心忍不住噴笑出聲。

「噗哧！羽黑，那就是妳姐姐嗎？怎麼說話方式那麼有趣？」

「真是的，雅心，現在都什麼時候了，虧妳還笑得出來。」韓宇庭埋怨般地瞄了好友一眼，「伊莉莎白同學的情況還不樂觀呢！」

「抱歉抱歉，但是看見龍族把吸血鬼玩弄在股掌之間，哇啊，那真是大快人心啊！」

「你就別難為她了，我能夠體會到雅心現在的感受。」米娜低沉地說道，「畢竟德古拉就是害得我們現在不得不如此的……元凶。」

而吸血鬼族的族長並未理會銀髮女子充滿輕蔑意味的話語，在宣洩完心中的怒氣後，反而恢復了冷靜。

「龍鱗銀，廢話少說，妳想要什麼，開門見山地說吧！」

「我只想要來帶我的妹妹回家而已。」

「哈，無事不登三寶殿，既然上門了，我不相信妳只有這點要求。如果妳想跟我戰鬥的話，我倒是不妨陪妳玩玩。」

「嗯？」德古拉的一席話語讓龍鱗銀倏然變了臉色。

就在巨龍與吸血鬼族族長相互唇槍舌劍的同時，龍羽黑把韓宇庭拉回了夥伴們的身邊。他們趁著德古拉無暇他顧之際，將伊莉莎白移進建築物裡面。置身在陽光照射不到的地方，吸血鬼會感到比較舒服。

「喂，吸血鬼……她現在怎麼樣了？」

「不怎麼好，伊莉莎白還在昏迷。」米娜咬著嘴唇，拿出濕紙巾不停擦拭伊莉莎白額頭上的冷汗，伊莉莎白的臉色蒼白，而米娜也是竭盡了心力才克制住瀕臨崩潰的情緒，「她被陽光照到，變身被強制中斷，這對吸血鬼來說傷害很大。」

「德古拉不是她父親嗎？怎麼能夠這麼狠心對待自己的女兒？」龍羽黑一直抓著伊莉莎白的手，此時抬起頭來，目光炯炯地盯著米娜問道。

「德古拉只喜歡強者，對子女根本不存有任何一絲親屬的情感，伊莉莎白的很多兄姐都在小時候就展現出了超凡的變身能力，只有她過了很久才覺醒，在此之前德古拉根本連看都懶得看她一眼，即使她是自己的女兒。

「而在德古拉眾多兒女中，以覺醒後的伊莉莎白的力量最強，且與德古拉最接近，其他眼紅的族人因此試圖對伊莉莎白不利……這點他也不管，他樂於看自己的繼承人為了競奪權位而互相廝殺。」

「真是一個病態的傢伙。」韓宇庭臉色鐵青地說。

「為什麼……」龍羽黑沿著伊莉莎白細瘦冰冷的手臂向上撫摸，「為什麼下界的種族會如此殘酷地對待與自己流著相同血液的眷屬？」

「德古拉就是這樣的人，不但看不起其他智慧種族，就連較弱的族人也不把他們當人看。」在吸血鬼族宅第工作許久的黎雅心補充說道。韓宇庭稍微走回裡邊關心伊莉莎白狀況的同時，她站在洞口邊緣的位置，可以警戒、監視庭院內的動向。

「那個屋頂上面的就是龍嗎？」巫海生問道，他沒有看過銀龍的人類型態。

「是的，她是我姐姐。」龍羽黑回答。

「可是……長得跟人類好像啊！」巫海生感嘆地說道，「啊，這麼說來羽黑同學妳也是，妳們不能變回龍型，好好教訓德古拉一頓嗎？」

「我沒辦法。」龍羽黑搖搖頭，「但是姐姐可以，我不知道為什麼銀姐現在不變身，也許有什麼理由吧！」

巫海生訝異地稍微張開嘴巴，沒有繼續追問。

「話說回來，德古拉居然敢向鱗銀小姐發起挑戰？」韓宇庭凝望著一觸即發的現場，「他好像很有把握的樣子。」

「德古拉是吸血鬼族中最強的狠角色，也是唯一一個能夠在日光之下保持變身型態的吸血鬼。」縮在陰影之中的巫海生憂心忡忡地說道，「他好歹也是四大上族的族長之一，修練了幾千年的魔法，實力深不可測，恐怕就算是龍也沒有辦法輕易能對付他。」

「你的意思是說銀姐會輸嗎？」龍羽黑皺起了眉。

「她不可能會輸的。」韓宇庭搖了搖頭，「我對鱗銀小姐有信心。」

「你想跟龍戰鬥？」

龍鱗銀的語氣就好像聽到了全天下間最可笑的笑話似地，然而德古拉雙手環抱，擺出一副胸有成竹的架勢，看起來相當認真。

「你還真有信心。」龍鱗銀帶著調侃的語氣，就好像在菜市場上挑菜般地對德古拉品頭論足，「信心多到可以稱斤論兩來賣了，你是不是每天起床之後都會照鏡子覺得自己很帥？」

德古拉挑了挑眉，沒有回應銀髮女子的取笑。

「沒有啊？真是可惜。」龍鱗銀裝模作樣地撥了撥頭髮，「不過還是讓我們回到剛才的那個問題吧——你想要和龍戰鬥？」

「怎麼，不敢應戰嗎？」

德古拉努了努下巴，「現在躲在我的屋子裡頭的那一小撮人，我只要動動手指就能輕鬆殺光他們……包括妳的妹妹。但是我願意跟妳公平決鬥，首先，用那些人的安危來交換我的族人；其次，就戰鬥的結果，如果我輸了，吸血鬼族將從此不再對妳們出手，如果我贏了，我要妳交出幼龍給我——」吸血鬼族長伸出了兩隻手指，「十年，就十年，怎麼樣，很公平吧？」

「公平？你這個垃圾占了我多大的便宜，我只要用一根眼睫毛就能把你們全消滅掉，居然還妄想我接受你的提議？」龍鱗銀不悅地回應道，「不過，現在正是好好糾正你們吸血鬼族幾千年以來的自大毛病的良機，我就接受你的挑戰好了，反正我也從來不覺得我會輸。」

銀髮女子轉頭，瞇著眼睛把身後的吸血鬼大法師群給掃了一遍，「聽到了嗎，你們家的老大妄想著說要打敗我，我是不是應該應戰呢？如果我要應戰的話，又該先如何處置你們？」

大法師們渾身發抖地求饒著說：「我們現在既沒有魔力，而且又暴露在陽光之下，根本沒有辦法從這片屋頂上逃走，請不要再傷害我們了。」也不知龍鱗銀先前在他們的心中留下了怎麼樣的陰影，每個人望著她的表情就好像老鼠望見了貓一樣。

「那就給我好好在這裡等著，等我解決完你們的族長之後自然就會放你們離開，感謝我的寬宏大量吧！」

銀髮女子交待完，大法師們全都點頭如搗蒜，一聲也不敢吭。

龍鱗銀朝著底下大喊：「德古拉，把脖子洗乾淨等著我，我現在就下去……喂！韓宇庭！」

「咦？」建築物之中的韓宇庭詫異地指著自己的下巴，「妳是在叫我嗎？」

「對啦，你過來。」

韓宇庭不知道對方葫蘆裡賣的是什麼藥，便糊里糊塗地跑到了龍鱗銀的正下方，接下來……

「嗚哇！」

「呃啊！」

從屋頂上一躍而下的龍鱗銀就這樣乾淨俐落地砸到了韓宇庭身上，兩個人一起難看地摔了一跤，讓所有人都目瞪口呆。

「好痛痛痛痛……」龍鱗銀按著自己的尾椎，露出痛徹心扉的表情，她和韓宇庭兩人疊在一起，彼此都發出了好一陣子的哀號和呻吟。

龍鱗銀好不容易爬了起來，接著狠狠地敲了韓宇庭的腦袋，「你這傢伙，怎麼沒有好好地接住我？我一個帥氣的登場就這樣被你毀掉了！」

「嗚哇，鱗銀小姐妳才是，什麼帥氣登場啊，根本是殺人登場。妳這樣二話不說就跳下來很危險耶！」韓宇庭眼冒金星地說著。

「屋頂那麼高，不找個肉墊怎麼行？」

「居、居然拿我當肉墊？實在是太沒品了！」

「閉嘴，能夠成為我的肉墊，是你畢生的光榮吧，你這覬覦別人家妹妹的草履蟲！」

「妳、妳再亂說什麼，我才沒有！」韓宇庭慌亂地抗議，「是說鱗銀小姐只要變身成龍就能咻地一下子飛下來了，不是嗎？」

「我不想變身，而且就算是咻地一下子飛下來也不能夠解決這件事。」

「啊，為什麼？妳不是要和德古拉決鬥？」

「理由有兩個，第二個原因是假使變身教訓了德古拉，也沒辦法改變現在的問題。現在的問題是什麼？不就是這些上族自以為高人一等，恣意蠻橫地欺凌壓迫其他智慧種族嗎？如果我變身，那就是用龍的暴力來解決上族的暴力。用暴力來解決的暴力，在暴力離開之後還是會死灰復燃，最後問題依舊不能夠解決。因此，非得要清楚地告訴德古拉『你和你眼中瞧不起的低下種族根本沒有分別』不可。」

「原來背後還有這麼周到的因素……啊，那妳的第一個理由又是什麼？」

「我不想變身成龍。」

「呃……這個理由未免也太任性了吧。」韓宇庭無奈地垮下雙肩，「所以妳打算用人類的姿態來戰勝他？」

「不。」龍鱗銀搖了搖頭，「理由同樣有兩個，第二個是即使我用人類的型態戰勝了他，但龍依舊還是龍，吸血鬼被龍打敗的事實未必然會讓所有吸血鬼領悟到自己並未比其他人更加優越。」

「嗚！這也有兩個理由，那第一個理由該不會是『因為我打不贏他』吧？應該是不可能吧，要不然妳怎麼會接受德古拉的挑戰？」

「你猜對了，我確實打不贏他唷！」

「原來是這……什麼？」韓宇庭訝異地大叫，「妳說妳打不贏德古拉？」

「安靜一點。」龍鱗銀狠狠地朝他額頭敲了一記，「我在人類的型態確實沒辦法打贏他，你以為我從登場到現在對德古拉施放過多少次的龍威啊？你看他一點反應也沒有，代表確實有兩把刷子。這個狡猾的吸血鬼，一定早就先用魔力偵測術確認過了我的魔力，不然他怎麼敢大膽地向我提出挑戰？」

「虧、虧我之前還對妳很有信心。那現在該怎麼辦，如果妳不能用人類的型態戰勝卻又要以人類的型態接受挑戰，那豈不是正中對方的下懷？」

「我當然是全都已經考慮清楚了。」銀髮女子露出莫測高深的微笑，「況且，我只是說接受了他的挑戰，誰說過是我要跟他打？」

「咦？」

「德古拉，看清楚了，你的對手，就在這裡！」龍鱗銀突然放聲高喊，在韓宇庭錯愕得來不及反應之間，自己就已經被銀龍化身的女子一把推到了前面。

「什麼？」

「什麼？」

韓宇庭和德古拉同時以充滿驚嚇的高亢聲音和疑惑的低沉語調說出了同樣的話。

甚音

四、龍與戰勝吸血鬼的祕密魔法

「這這這這這這……妳究竟在說什麼啊，鱗銀小姐？」

德古拉怒不可遏，「妳是在開我的玩笑嗎，龍？」手指著韓宇庭，「居然說要讓那種弱小無力的人類當我的對手？」

「當然不是在開玩笑，德古拉，就讓你好好理解一下自己到底有多弱。」

「啊啊，等一下啊，鱗銀小姐！」

被龍鱗銀推向前的韓宇庭連忙躲到後方，不對，是趕快把她拉到一旁商議。

「妳為什麼要那樣對德古拉說啊，是想害死我嗎？」

「不用擔心，韓宇庭，我不是在這裡罩著你嗎？」

「對方可是吸血鬼族的族長呀！」韓宇庭急得快哭出來了，「而且我身上的龍鱗盔甲也已經毀損，他只要一秒鐘就可以殺死我。」

「一秒鐘用來打倒他已經綽綽有餘了。」龍鱗銀輕浮地說完，接著揪住了韓宇庭的衣領，雖是看似嘻笑的臉龐，眼神卻顯得正經，「你好好想一想，韓宇庭，眼前這人難到不是值得你親手打倒的對象嗎？」

「咦？」

「德古拉指派了手下，甚至還與魔法師教團勾結，不計手段地襲擊小黑，只為了獲取魔力滿足吸血鬼族的欲望和野心。同時，你也看到在這座莊園裡頭所展現的一切不合理之處了吧？這就是魔法世界幾千年來殘餘的弊病沉痾。那些人侃侃而談的什麼上族，什麼下族……你覺得智慧種族之間，真的可能有優劣之分嗎？」

韓宇庭眨了眨眼，然後覺得很荒唐地大喊：「這怎麼可——」

「你再看看你的周圍吧！」

「咦？」

龍鱗銀按著韓宇庭的腦袋，粗魯地把他的頭轉向夥伴們躲藏的地方。

「那位狼人族，以及那位半拉彌亞，如果說這些少女們所遭受到的命運必須要有一個人為此負責的話，那一定就是德古拉。」

龍鱗銀的一字一語像閃電一樣打進了韓宇庭的胸膛，他不知不覺間咬緊牙關，如果他心裡頭有什麼答案，那也該要呼之欲出了。

「我……」

「韓宇庭，如果你的心中已經有了定見，我就會教你戰勝德古拉的魔法，但就算有了這項魔法，還是要靠你自己的努力才能夠達成。記住，德古拉的失敗就意味著這些所謂的名門上族千百年來抱持的優越感，都只不過是他們自己一廂情願的認定而已，你將證明即使是人類，也能擊倒最強大的上族。你願不願意出戰？」

韓宇庭情緒漸漸穩定了下來，回頭望著黎雅心以及米娜，她們正從那處掩蔽物裡頭探出頭來，儘管面容懷著擔憂與害怕，望向德古拉的眼神裡，卻隱藏不了憤怒與哀傷。

「如何？」

「這……鱗銀小姐，我真的不會被德古拉殺掉嗎？」

「怎麼可能，我敢打包票。還是你不相信龍的能力？」

「相信……我當然相信……」

韓宇庭深吸了一口氣。

「我……我願意打倒德古拉！」

龍鱗銀輕笑，彷彿她很早就確定韓宇庭會給予這樣的答案。

「很好，那麼接下來，我就授予你能夠打倒吸血鬼族族長的魔法，仔細聽好了……」

「怎麼了？妳現在是讓那名人類臨陣磨槍嗎？還是在交待後事？」德古拉不耐地說道，「不管怎麼努力，人類永遠不可能及得上吸血鬼的千分之一，妳只會讓這小孩平白送命。」

「誰、誰說我會送命的？」韓宇庭大步跨了出來，和吸血鬼族的族長就只有幾公尺相距。

他們的年齡、智慧和力量全都差得非常遙遠，就連現在，他看起來還是有些畏畏縮縮的。

「如果害怕的話，還是趕快躲回家吧！」

「我不害怕！我不害怕！我不害怕！」彷彿要掃去內心所有陰霾，韓宇庭連續用力喊了好幾次，然後挺起胸膛，「我這就來打倒你！」

德古拉抬起下巴，雙眼發出肅殺的凶光。

「韓宇庭！」

躲在建築物裡面的黎雅心跟米娜終於忍不住叫喚出聲，而德古拉則是稍微扭了一下脖子。

「兩隻下等的種族，甚至還有一隻是低賤的半拉彌亞，讓妳們待在我的宅第裡頭已經是天大的恩賜，想不到妳們竟然還妄想要靠他人的手為自己出氣？我會粉碎妳們不切實際的希望。」

「住口，你什麼也粉碎不了！」韓宇庭對著德古拉喊道。

再怎麼樣，再怎麼樣他都無法容許德古拉在自己面前侮辱她們，她們明明那麼認真努力地活著，卻因為天生的種族血統而遭到恥笑與攻擊，這種事情根本不能接受。

他轉過了頭，面向藏身在建築物裡頭的好友，擠出一絲微笑。

遠處的黎雅心和米娜還想說些什麼，可是龍羽黑卻走到她們身邊。

「放心吧，他不會有事的，我們要相信韓宇庭。」

她對著她們說道，於是黎雅心和米娜也都不再開口。她們露出了把一切都寄託在韓宇庭身上的眼神。

韓宇庭感激地朝著龍羽黑望去，黑髮少女點了點頭。

「加油吧！」

被好友們信任著，內心的勇氣便又增長了幾分，韓宇庭漸漸地覺得德古拉也沒那麼可怕了。

龍鱗銀也在背後支持著他，銀髮女子雙手環胸，對著韓宇庭肯定地揚起嘴角，那樣子就像是在說：「好好去幹吧！」

韓宇庭用盡全力向眼前的對手大喊：「來吧，德古拉！」

「不自量力的小子！」

德古拉張開嘴巴，露出尖銳的牙齒，同時尖嘯一聲。

「嘶啊！」

吸血鬼族長使出他真正的力量。

就在一瞬之間，周圍強大的魔力忽然暴漲，韓宇庭感受到突如其來的力量猛烈擊向他的全身，彷彿一道道厚重的重低音波急著要穿透他的身體，撼動著他的心臟，使他發出了難受的呻吟。

這個人所散發出來的強大魔力是韓宇庭平生所僅見，甚至比巫海生強大了十幾……不，幾十倍。

韓宇庭只覺得眼睛一花，一道黑影出現在他的身側，德古拉的攻擊從開始到完成只用了不到零點一秒的時間。

他牢牢抓住韓宇庭肩膀，對準咽喉用力地咬了下去。

「受死吧！」

尖牙刺破皮膚，穿入體肉，溫熱的鮮血從破裂的血管中汩汩流出。

那是吸血鬼族最最喜愛的珍饈。

就在德古拉迫不及待地品嚐最甜美的勝利滋味的那一刻……

「嘶咦咦咦咦咦？」

眼前的世界倏然變色。

「這裡是哪裡，哇啊啊啊啊！」

德古拉兩腳懸空，底下的地面距離自己數千公尺，夜晚的叢雲自他頭頂上悠然漫步，就連星辰看起來也近在咫尺。他唯一的念頭便是自己就要摔下去了！

「請不要慌張，德古拉先生，抓住我的手！」

「啊啊！」

掉到河裡的人，即使是一根小草也會拚命抓住，此時的德古拉毫不遲疑地對著向他發話的人伸出了手，對方使勁一提，將他拉上一個平坦又安全的地方。

「得救了……」

德古拉情不自禁地向下瞄了一眼，立刻背脊發寒。

他搖了搖頭，畢竟是吸血鬼一族的族長，雖然遭遇到了這麼突然的變故，精神上依然保持強韌，他很快就恢復到了平時的鎮定，他望著眼前拯救了自己一命的韓宇庭。

「小子……」

「我不是小子，我的名字叫做韓宇庭。」

「好小子，現在你已經不再怕我了是吧？」

「……我是韓宇庭。」

德古拉知道自己已經中招了，雖然不知道究竟發生什麼事，但剛剛才受人恩惠，態度上也不好意思再那麼桀驁不馴，況且現在他最想知道的，就是自己身在何處。

「這裡是哪裡？」

「您現在正在雲景市的上空。」

「上空？難道我們是在飛行嗎？這是怎麼辦到的？」

「是的。德古拉先生沒有飛行過嗎？」

德古拉搖搖頭，「我們雖然有短時間飛行的魔法，但是在所有智慧種族中，只有龍才能長時間在天空中飛行，其他種族例如次天使或是鷹身人族，頂多也只能在比大樹高一點點的地方飛著。」

「原來如此。」

「話說回來，人類應該也沒有辦法飛行吧？」德古拉警戒地瞪著對方，身為吸血鬼族族長同時也是最強的千年大法師，見多識廣的他立刻便察覺到了許多不對勁之處，「我搭乘過你們人類製造的飛機，但我敢肯定我們現在一定不在飛機裡面，所以說，這裡到底是哪裡？」

如果是飛機的話那現在應該會身處在機艙之中吧，但此刻他們的四面八方都非常遼闊。

「您理解得很快，確實，這裡並不屬於現實，而是在我的精神世界裡，所以我們可以飛。」

「你的精神世界？」

「是的，這就是吸血鬼族最大的祕密。」韓宇庭揉了揉鼻子，「在吸血鬼族咬到目標的一剎那，他的精神世界會在數百、甚至數千分之一秒的時間和目標相連，吸血鬼族正是透過這瞬間的連結達到催眠對象的效果，同樣地，目標也能夠用這一瞬間，反過來把吸血鬼納入自己的支配，這些就是龍鱗銀小姐所教導我的密策。」

「原來如此，難怪龍這麼放心地讓你和我對戰，原來早就有了計畫。」德古拉面色鐵青，「這可以說是吸血鬼族唯一的弱點，千百年來我們一直努力保守著這個祕密，就怕被其他上族摸透，萬萬想不到龍居然會曉得，我太小看她了。但就算你知道了原理，區區一個人類的能力也絕對不可能做得到才對，告訴我，你是怎麼把握極為短暫的一瞬間反過來把我拉進來的？」

「這是因為您的女兒——伊莉莎白同學的緣故。」韓宇庭解釋道，「您曾經派她協助魔法師教團對我進行催眠吧？我被她咬過了很多次，所以身體裡頭產生了魔力的抗體。也就是說，即使被您咬到，我也至少能夠維持一秒鐘的時間，這樣的時間對人類來說很足夠了。」

「竟然是這種原因，看來是我聰明反被聰明誤……」

「如果您已經明白了，那麼是否可以聽聽看我的一些話呢？」

「聽你說話？不，不可能！」德古拉舉起手，在掌心凝聚了一顆火球，「別忘了我們還在戰鬥，就算是在你的精神世界，也並不代表我無法打倒你。」

德古拉對自己有著絕對的自信，但是當他的話一說完，地面忽然轟隆隆地震動起來。

「德古拉，我勸你最好不要輕舉妄動喔，聽聽看他想要講什麼吧！」

「咦，咦，啊？是誰在說話？」德古拉驚慌失措地伏低身體，差點就要迎來摔變成肉泥的命運，他倉皇地四處張望尋找那個巨大聲音的來源，而對方則是發出了一長串愉悅的大笑。

「當然是我，德古拉，不然你以為你是在誰的身上？」

「啊！」

就在德古拉發出驚訝吶喊的同時，他們穿過了雲層，吸血鬼族長詫異地發現自己腳下所踏的地面，竟然是一頭銀龍的背。銀龍體型非常巨大，雙翼在夜空中優雅地伸展著，疾速地飛行。

「別以為我也是韓宇庭所製造出來的幻想，我是存在他記憶之中的巨龍銀鱗的一截分身碎片，擁有自己的意志。雖然我只要稍微挪動身體就能把你摔下去，但我現在不想這麼做，只要你乖乖聽話，就不會有生命危險。」

「可惡……」德古拉悶悶不樂地收起火球。

「請您不要太過於沮喪，您有看到我們下方的景色了嗎？」韓宇庭微微一笑，柔軟地說道，「這是我的記憶中最希望能讓您看見的場景。」

德古拉皺起眉頭，「這不就是雲景市的夜景嗎，有什麼特別？」

「您真的是這樣想的嗎？」

「難道不是嗎？」

「請您再仔細看一看吧！」

「哼！」

德古拉不以為然地低下了頭，在他們下方的雲景市，就像點亮了千萬根蠟燭所排成的長河，火樹銀花十分耀眼，鋪滿大地的光芒，會讓人誤以為是天上的神祇不小心灑落了珍珠，才會造就如此壯闊宏觀的景象。

起先，德古拉依然是一副輕蔑的態度，可是漸漸地，他也察覺到這奇景的異常了。

「這些……不是人造的光芒！它們究竟是什麼，它們……啊！難道這全部都是智慧種族的魔力之光？」

德古拉終於發現了事實。

他轉頭驚訝地望著韓宇庭，後者露出有些靦腆又柔軟的微笑。

「正如您所說，我們下方的這一大片光點，全都是居住於雲景市內所有智慧種族所散發出來的光芒，您正在體驗我過往記憶的一小片段，當時的我，所看見的正是這樣令人畢生難忘的景象。」

「但、但是能夠辦到這樣的程度也太驚人了，即使是我所施展出來的魔力偵測術，也絕對沒辦法看見所有雲景市內居民的魔力之光！」

「呃……我稍微借助了龍的魔力，或許是因為如此吧。」

「不，魔力就是魔力，並不會因為是龍的魔力就特別強大。韓宇庭，我曾經聽聞過，人類最初代的魔法師在偵測魔法這個領域具有極高的造詣，所以才發現了智慧種族的蹤跡，或許你和她一樣。」

即使是見多識廣的德古拉，也被眼前的景象迷得目不轉睛，那景象真是太美、太美，超過筆墨能夠形容。他換了一個盤腿、抱胸的舒服姿勢，在不經意之間，臉上原本的傲慢神色也慢慢地消融於無形。

韓宇庭把這些細微的變化收進眼內，輕輕揚起了嘴角，他站起身，敞開胸懷，迎接來了涼爽的夜風。

「每一個智慧種族，都能綻放出他獨一無二的光芒，無論是吸血鬼族也好，拉彌亞族也好，狼人、矮人、精靈、次天使族……是所有人共同聚集在這裡，才能編織出這樣的景觀。請您睜大雙眼，您絕對無法辨認出哪一個光芒是哪一個種族，這是所有人都平等的光芒，每個人都是獨一無二，卻又缺一不可。」

就連德古拉也不禁喃喃自語：「是啊……看不出來。這些光芒如此渺小，但仔細觀察的話，卻又覺得千變萬化……我在說些什麼？」

他猛然醒悟，發覺自己竟在不知不覺中看得入迷了，甚至還贊同起對方的話語。吸血鬼族長急忙咳嗽了幾聲，重新整理心情，沉聲問道：「你到底想對我說什麼，韓宇庭？」

吸血鬼族長的目光如炬，其實，聰明如他，早已領略到了韓宇庭真正的意思，然而他的自尊心還是在抗拒著答案。

韓宇庭沒有怯場，在他的內心世界裡頭，他有很多時間可以整理釐清自己的思緒，並進一步尋找方法來說服德古拉。

他再度瞥了一眼由智慧種族之光所匯聚的長河。

無論看多少次都依然覺得深深震撼。

在勝過飛鳥限度的高空之中向下俯瞰，尊卑、貴賤、老幼、男女、強弱……種種的差別都失去了意義，只剩下無數個「一」，無數個巨河裡頭的一粒沙塵，強烈地訴說著自己存在於此的證據，它們既渺小又偉大。

「我想要對您說的是，這世界上並不應該上族和下族的分別，每一個人都是平等的。儘管各個種族的魔力強度不同，可是大家應該都要擁有同樣的權利、同樣的價值。」

「我活了這麼久，還是第一次聽到有人對我說出這樣的話。」

德古拉不以為然地笑了一聲。

「但是數千年來，從來沒有人敢質疑吸血鬼族統治下等種族的權力，也沒有人能做出實際行動，推翻我們的統治。如果眾人皆是平等的，那下族為何只會哀嘆自己的命運，然後繼續依附強者，而不願想方法擺脫？上族之所以為上族，是因為我們擁有力量，且敢於追求自己想要的東西。事實證明，上族確實優於下族，單單憑你這幾句話，根本無法說服我。」

「您可以慢慢思考，我不認為您會馬上轉換自己的思想，但我相信從此過後，您一定會有所改變。」韓宇庭看起來並不著急，「如果您準備好了，那麼我們就要回去現實世界之中了。」

德古拉有些訝異，「你不是說要戰勝我？你不攻擊嗎？」

韓宇庭搖搖頭，「我已經發動我的攻擊了。當您進入我的精神世界之時，戰鬥就已經開始。我要的並不是要在肉體上擊倒您，而是要改變您的思維。」

「改變我的……思維？」

韓宇庭的回答大大出乎德古拉的意料。

「你覺得有可能嗎？」

「我認為是可能的，我已經將我的想法好好地傳達給您了。」韓宇庭抱著胸口，表情誠摯地說，「至於我的攻擊對您有沒有效果，那就不在我的掌控範圍之中了。」

「原來如此，是要把戰鬥的勝負留給我的選擇是嗎？」德古拉意味深長地嘆了一口氣。

「抓緊了，我們要從你的精神世界離開了！」巨龍銀鱗大喊，同時開始加速。

韓宇庭和德古拉兩人連忙伏下身體，緊緊抓住銀鱗背上的鱗片。銀龍加快了飛行速度，夜風呼嘯得越來越狂暴，他們乘著風暴的力量上升，越來越高，越來越高，地上的光河距離他們逐漸遙遠，雲層全跑到了下方，現在天空中，反而是星辰與明月耀眼地大放光明。

銀鱗咬緊牙關，向著斗大的月亮方向筆直衝去，就在那一瞬間，德古拉還以為他們真的要衝進月亮裡頭，他們現在的速度已經比世上任何一架太空梭都還要快了。

陡然間，橙黃的光線布滿他們的四周圍，德古拉抬頭一看，原本臉盆般大小的月亮竟然變得無比巨大，放眼望去根本沒有邊界，就像光之海洋一樣。

銀龍就這樣衝進了黃色的光海，黃光淹沒了他們所有視覺，韓宇庭、德古拉一齊發出吶喊，但是聲音都被柔軟的光線所吞沒……

「唔啊！」

德古拉猛然向後退了數步，經過一陣搖搖晃晃之後最後勉強維持站立的姿勢。

「發、發生什麼事了？」

變化來得太突然，躲在建築物裡窺伺著這場戰鬥始末的龍羽黑等一行人，全都露出了詫異的表情。

「不知道，我看見德古拉咬了韓宇庭，可是沒過一秒，他就又慘叫出來然後自己差點摔倒了。」

「所以最後還是沒有摔倒嗎，真是可惜！」

「那麼是誰贏了，是韓宇庭贏了嗎？」

「還不清楚，繼續看下去吧！」

她們緊張地注視著場中央的變化。

屋外，龍鱗銀笑吟吟地走向吸血鬼族長。

「如何，這下是不是心服口服了？」

德古拉喘著氣，吸血鬼族的臉色本來就很蒼白，但是他現在看起來更像是依尊白蠟製成的蠟像。

「我是不會可能改變想法的，你讓我看的那些景象，不算什麼。」

「唷，還在嘴硬。」龍鱗銀嘖嘖地咂了咂嘴，「真是的，我最討厭這樣的男人了，該硬的部位不硬，就是在腦筋、嘴巴這些毫無用處的地方固執得像水泥。」

「妳在說什麼東西？」

「咦，不是嗎？你都這麼老了，當然……」

「銀姐！妳說話可不可以有格調一點，害我都被人家笑了！」

龍羽黑生氣的聲音遠遠地從建築物裡面傳來，龍鱗銀只好趕快閉上嘴巴。

手撐著膝蓋，半蹲在恢復力氣的韓宇庭聽見了德古拉先前的那番話，懊惱又喪氣地吐了一口長長的氣。

「我早就料到會有這種狀況，對付你這種人就是要雙管齊下。」龍鱗銀用手指捲著兩鬢邊的頭髮，一副游刃有餘的模樣，「本來我希望要是你能夠從韓宇庭的記憶片段中得到醒悟，那就不需要動用更強硬的手段了，但看起來你還是冥頑不靈。」

德古拉哼了一聲，傲慢地挺直腰桿。

「要是你們吸血鬼族的血統真的這麼優秀，就不會在強制解除變身和催眠失敗的時候遭受反噬而耗損這麼多魔力啦！」龍鱗銀幸災樂禍地說道，「就憑你現在的狀況，根本無法阻止我帶小黑走。不對，應該說就算我趁現在暴打你一頓，你也無法還手。」

「呵，有本事就來試試看！」

「你放心，我不會趁這種時候落井下石，德古拉，相反地，我還會以德報怨，送你幾句金玉良言！」

「妳想玩什麼把戲？」德古拉不高興地說道。

「你還不明白嗎?你們吸血鬼族比起別人並不獨特，你在韓宇庭的精神幻境中就應該知道了這一點。除此之外，其實吸血鬼也沒有真的那麼強，如果不信的話，接下來被你吸血的第一個人，就會讓你明白那些你最看不起的下等種族有多麼恐怖。」

「我會覺得下等種族恐怖?哈!妳少在那裡胡說八道了。」

「我是不是跟你胡說八道，你試試看就知道了。」龍鱗銀輕鬆地拍了拍手，「不過不相信龍的傢伙通常都沒辦法長命百歲。」

德古拉並不相信龍。他已經活過數千年了，吸過無數人的血，他只把龍鱗銀的預言當作耳邊風一樣地忽略。

「就說你是個老傢伙，果然聽不進去是不是?不過沒關係，反正不聽我的話，最後吃虧的是你自己。」龍鱗銀輕鬆寫意地搖了搖手，然後喚道，「韓宇庭、小黑，你們過來，我們要回家了!」

「等、等一下，但是伊莉莎白她……」

「龍同學放心吧，伊莉莎白她不會有事的。」米娜對著擔憂不已的龍羽黑說，「只要稍微休息過後她就會好起來的，倒是妳，最好在德古拉還沒改變心意之前趕快離開吧。」

「那、那我呢?」黎雅心慌慌張張地指著自己。

「黎同學，等會兒妳也跟著我走吧。」巫海生說道，「事已至此，德古拉既然得不到龍，就算再怎麼生氣，也不會想對我們這些魔法師動手，否則就等於是要與他在人類世界的盟友為敵了。」

「但是米娜妳呢？」

「我？我走不掉的。伊莉莎白不可能脫離吸血鬼族自己生活吧，我也……不會離開她的身邊。」

龍羽黑凝望了她們過了一會兒，才從躲藏處裡頭快步跑了出來，來到德古拉面前時，她稍微瞥了吸血鬼族族長一眼。

「德古拉先生。」她開了口，「希望你以後能夠好好對待伊莉莎白，她是你的女兒，你應該更加重視你們之間的感情才對。」

德古拉哼了一聲，不置可否。

「我會原諒你對我做的這些事，是因為我不希望我的朋友夾在我與父親之間而為難。」龍羽黑沉著地說道，「但要是日後你對她還是這麼壞的話，我一定會不計代價來找你算帳。」

年紀小小的一名女孩子，居然敢跟生命捲軸長達數百、甚至數千年的強大吸血鬼這樣說話，龍羽黑以堅定意志所展現出來的威嚴，即使是德古拉也忍不住睜大了眼睛。

話說完之後，她看也不看德古拉一眼，分別望向了韓宇庭與龍鱗銀。

「我的話都說完了，銀姐、韓宇庭，我們回家吧！」

韓宇庭點了點頭。

「回家吧！」

眼望著銀髮女子帶著兩名少年少女大搖大擺地離開，德古拉充滿了憤恨，但是他的內傷沉重，不敢貿然追上去。

「族、族長？」

「別管我！」德古拉把怒氣發洩在手上的身上，疾言厲色地命令著他們，「先把受傷的族人送去治療，然後找把梯子過來，把屋頂上那些大法師救下來，那些愚蠢的傢伙丟光了我們的臉，待會我再找他們算帳！」

「是、是！」

前來支援的吸血鬼族人一溜煙地各自分頭展開工作，誰也不想留在這裡繼續引發德古拉的怒火。

但卻有一個例外。

吸血鬼豪華庭院的門口傳來了一陣激烈的爭辯聲，這陣吵鬧很快地傳進了德古拉的耳裡。

似乎是碰巧前來洽談公事的人類，和守門的吸血鬼僕役起了爭執。

「咦，您之前向我們下的訂單不就是寫著今天把貨送過來嗎？」

「是這樣沒錯啦，但是我們當家的現在在忙，你們改天再過來收貨款吧！」

宅第的門房大概知道德古拉現在心情不好，不想讓這種瑣碎的事情過來煩他，但是他的推託反而讓女人不悅起來。

「這可不行啊，我們的店很小，請恕我們不能接受賒帳，不然本店明天就要喝西北風啦！」

「妳這個女人怎麼這個樣子啊？我們說沒空就是沒空，不過是幾朵破破爛爛的花，賣也賣不了多少錢，難道我們還給不起嗎？再囉嗦我們就真的不付錢了。」

「你說什麼，什麼叫做破破爛爛的花？我告訴你，我們的花都是經過精心栽培跟愛心呵護，絕對是最健康美麗的花朵。而且這世界上的每一朵花都是絕無僅有的，你要是這麼看不起花，那就不要跟我們做生意好了！」

「妳、妳幹嘛這麼大聲？」

「好了好了，花小姐，妳別這麼生氣嘛！這位大哥，不如讓我進去直接跟貴族族長談一談，若是今天真的沒辦法收到貨款，那我們也就不再為難你了，好不好呢？」一個男人的聲音插入兩人之間打圓場。

「這……可是……欸，算了，發生什麼事我可不管唷！」門衛終於選擇了妥協。

「謝謝你啦！」

德古拉聽見一陣腳步聲越來越近，接著一個高大的男人從轉角現身，雖然他身高超過了兩公尺，但在德古拉眼裡並不覺得有什麼稀奇。

「您好，請問是德古拉先生嗎？我代表花店來向您收取款項。」男人壓低了帽簷，無法看清其面容，但是說話非常有禮貌。

「哼！你過來。」德古拉對他招手。

其實，他的內心很混亂，韓宇庭在精神世界裡頭說過的話對他造成了一定的影響，但是他不想承認活了好幾千年的自己在見識上不如一個小孩。而龍鱗銀對他說的那番充滿威脅的「預言」，則像是在火上澆油般，使得他越來越生氣，加上他現在肚子也餓了，反正一、兩個人類被吸了血也沒什麼大不了。

男人順從地上前，德古拉二話不說，立刻抓住男人的肩膀，朝著對方的脖子咬了下去。

整個過程只花費不到零點一秒。

然而就在咬下去的那一瞬間，德古拉驚覺眼前的人類居然變成了……

「藍龍？」

德古拉吃驚地鬆開嘴巴，身形魁梧的巨龍光是用凌厲的眼神一瞪，那強大的威壓就讓他感到呼吸困難，堂堂的吸血鬼族之長頓時寒毛直豎，眼前一黑。

「嗚哇！」

德古拉回過神來，發現自己正狼狽地跌坐在地上。根本沒有什麼藍龍，難道這一切只是幻覺？

「您沒事吧？怎麼突然跌倒了？」

男人擔憂地伸出手臂，拉起德古拉。

吸血鬼族長戰戰兢兢地問道：「你、你究竟是誰？」

「我只是一個在花店打工的普通店員，沒什麼特別的。」男子狀甚誠實地回答。

吸過了無數人的血的德古拉，這時候滿腦子只有驚恐的感覺。

「噢！您流了很多汗，是身體不適嗎？」男子注意到德古拉全身是汗，衣領袖口的地方明顯都濕了。

「不，我沒事。你是來收貨款的對吧？我馬上叫人拿給你。」

「啊，那太好了。您等一下應該很多事情要處理吧，我就不打擾您了！」

說完，男子朝德古微微彎了彎腰，接著便和上前來接待的人一起離開了。

德古拉依然站在原地，全身上下都濕答答的。

「那隻龍的預言……」德古拉說不出現在究竟是何感想，默默地離開庭院。

五、龍鱗銀與巨龍銀鱗

乘載著龍鱗銀、龍羽黑以及韓宇庭三人的加長型黑色廂型禮車，引擎發出怒吼的隆隆聲音，飛快地在高架橋道路上奔馳著。

車廂內的柔軟沙發，對於筋疲力竭的韓宇庭和龍羽黑兩人來說，簡直就像是天堂一樣，兩人舒適地躺坐在沙發上，露出了昏昏欲睡的表情。

「喔喔，沒想到德古拉這傢伙的座車居然又大又舒服，看來跑去他車庫借車和司機離開的計畫果然是正確的。」

龍鱗銀開心地拍著高級的沙發墊，完全就像小學生迎來了期盼已久的郊遊旅行，只不過相較於散發出興高采烈氣息的乘客，被銀龍從吸血鬼宅第中強行挾持而來的司機則是把臉皺成了苦瓜的模樣，暗暗詛咒自己的倒楣。

「大家好好享受這趟豪華轎車之旅吧……嗯，小黑，妳怎麼都默不作聲呢？」

眼皮都快要睜不開了的龍羽黑，只能勉勉強強地回應：「不要吵嘛！我……我覺得有一點頭暈。」

「什麼？妳覺得頭暈嗎？」龍鱗銀以最大的音量誇張地叫了起來，「天啊，不得了啦！停車，馬上停車！」

「嗚哇，鱗銀小姐，請妳不要這麼激動！」

「醫生！醫生在哪裡？」龍鱗銀瘋狂地指揮司機，「立刻掉頭到醫院去！我們要替小黑做急診，給她最精密的全身檢查！」

「這、這怎麼可能啊，小姐，我們現在可是在高架快速道路上面呀！」司機被這無理的要求嚇壞了。

可是他辛辛苦苦的解釋立刻被龍鱗銀完美地無視，「喂！你沒搞清楚狀況嗎，現在可是緊急事態啊！我妹妹的身體不太舒服，要是你的無能害得小黑有什麼閃失，我就扒了你的皮！」

「就、就算妳這麼說，這也太強人所難了吧。」司機望了一眼高度將近一百公尺的高架橋下方，露出了無計可施的表情。

「拿出點辦法來呀，你不是吸血鬼嗎？」龍鱗銀生氣地說道，「那就用魔法啊！」

龍鱗銀的蠻橫要求讓司機目瞪口呆，完全說不出話來。結果一陣錯愕之中，他居然反過來高喊：「妳不是龍嗎？那妳怎麼又不用魔法？」

銀髮女子露出一副恍然大悟的神色。

發現了自己失言的吸血鬼立即發出了「嗚嗚噎噎」的絕望慘叫聲。

「可惡，吸血鬼都是一群沒用的傢伙，看來非得要我變身把這輛車子抓到橋下不可了！」

龍鱗銀惱怒地放開了司機，把手伸向車門的門把。

「嗚哇！千萬別這麼做！」

「住手啊，鱗銀小姐！」

「笨蛋銀姐，妳在做什麼？」

「趕快把妳的手從那上面移開啊！」

車上的另外三人飽受驚嚇，接連發出了音量不一但恐懼程度相同的高喊，好不容易才阻止了龍鱗銀的危險行為。

「把她捆綁起來！」司機慌慌張張地大喊，「再這樣讓她胡鬧下去，後果不堪設想啊！」

「你說要綁誰呀，啊啊，不識好歹的吸血鬼，你以為誰才是車上的老大？」龍鱗銀氣勢洶洶地大喊，嗚哇，再不阻止她的話，恐怕她就會一把掐住司機的脖子，衍生出殺人……不，是殺吸血鬼案件了。

龍鱗銀開始揮拳動手，瘋狂大鬧，車上的其他人頓時手忙腳亂起來。

「嗚！鱗銀小姐，妳不要衝動啊，現在司機最大，沒有了司機，我們就別想安全下這座高架橋啦。」

「啊啊，妳想幹什麼，妳想殺了我嗎？」

「嗚哇，司機先生，看前面，看前面呀啊啊啊啊媽媽啊啊啊啊——」

終於，韓宇庭和龍羽黑使出了渾身解數，好不容易才將龍鱗銀安撫下來，銀髮女子雖然還是一副氣呼呼的模樣，但總算沒有真的對座車司機出手。

「哼！這次我就饒過你。」

經過了一番艱苦的戰鬥（？），龍鱗銀終於被他們用安全帶牢牢地綁在座位上，動彈不得，因此只能坐在沙發上靠蠕動唇舌來撂下狠話，但是無法真的動手。

「真、真是的……嗚嗚！感覺要折壽十年了！」

重新坐回到座位上癱著喘氣的韓宇庭，因為龍鱗銀的抗拒而搞得一副鼻青臉腫的狼狽模樣，半天都說不出話來。而帶著一臉心臟病都快要發作般表情的龍羽黑，則是不客氣地喊道：「拜託妳不要鬧了啦，銀姐，我只是想睡覺，並不是真的身體不舒服啦。」

「哎唷，小黑，既然這樣，那妳就早說呀！」龍鱗銀一臉無辜地說道，「不要那樣子橫眉豎目地看著我嘛，來，要是妳想睡覺的話，姐姐的大腿給妳當枕頭唷！」

啪、啪！清脆的兩聲拍響大腿聲，龍羽黑抬起頭來，迎上自家姐姐殷殷期待的神色，還有那彷彿說著「歡迎妳隨時投入姐姐懷抱唷」的手勢，忍不住皺起了眉頭。

「算了，我要睡覺了。」

「咦？」

龍羽黑就像是在賭氣般地把頭埋到韓宇庭的大腿上。

「呀！」韓宇庭繃緊得跟石像一樣。

「韓～宇～庭～」

「等？等等！鱗銀小姐妳不要遷怒啊！嗚哇！鱗、鱗片都長出來了！」他慌慌張張地不知該如何是好，可是這時龍羽黑已經像小貓一樣完全蜷縮成一團，發出了平緩的呼吸聲。

「啊，龍同學已經睡著了。」

看樣子她實在是太疲倦了。

「啊……封印都碎得七零八落了，所以她才會覺得這麼累啊。」

「咦，鱗銀小姐妳剛剛說了什麼嗎？」韓宇庭詫異地抬起頭。

「沒有啊，是你神經過敏吧！」

龍鱗銀很明顯在裝傻，但他也不好多問，只好低下頭來將注意力轉回睡在自己膝蓋上的龍羽黑。

黑髮少女正露出平靜的睡顏。

柔順的秀髮微微披散著，覆蓋在白皙的臉龐上。

韓宇庭忍不住伸手去撫散她臉上的髮絲。

不過這時韓宇庭感受到灼灼的視線不斷朝著自己逼來。

「鱗銀小姐……」

「嗚～嗚～喀哩！喀哩！」

每次遇到這種狀況，龍鱗銀總是會咬著不知從哪裡找到的手帕之類的東西，似乎已經成為了見慣的景象，可憐的手帕已經被龍族尖銳的牙齒咬成碎屑。

「好好喔，居然可以這樣子幫小黑順頭髮，可惡可惡可惡……」

韓宇庭頭上冒出了大滴的冷汗，試著告訴自己別去注意這件事情，但很快地就發現自己根本辦不到。

「喀哩！喀哩！」

那聲音實在很令人焦躁，龍鱗銀正將自己的牙齒當作響亮的打擊樂器，不斷地發出讓人不舒服的噪音。

不得已，韓宇庭抬起頭來，屈服似地說道：「好了，鱗銀小姐，很快就到家了，妳也不必一直掛念這件事，只要再忍耐一下、一下下就好。」

那語調聽起來簡直是在委曲求全，可是龍鱗銀忌妒的視線卻是一點也沒有轉弱的跡象，真是可怕，不知道接下來她會不會因為無法控制情緒而做出暴走的事情，話說起來，如果讓一頭龍在市中心大鬧的話，那會天翻地覆的。

體悟到雲景市的安危全繫在自己的肩上，韓宇庭感受到了莫大的壓力，為了轉移龍鱗銀的注意力，他只好試圖扯開話題，「對、對了，不如妳也休息一下吧！」

「我？」龍鱗銀伸直了大腿，不屑地說道，「我並沒有什麼覺得疲倦的地方呀！我跟你們這些小孩子不同，即使連續不眠不休地度過三天三夜也不會有什麼不便的地方。」

「真厲害！」韓宇庭讚嘆道，「這是龍的特殊本領嗎？據說神話裡面的龍可以為了守護黃金而一輩子都不睡覺，原來這個傳說是真的。」

「不，這是為了看影集而鍛鍊出來的能力。」龍鱗銀自豪地說，「一旦看起了影集，總覺得一天二十四小時都不夠用呢！」

銀髮女子的回答頓時使得韓宇庭哭笑不得。

「實在是很佩服……鱗銀小姐妳過人的旺盛精力，我完全沒有辦法熬夜呢！如果有那種能夠增進體力的魔法就好了。」他一邊打哈欠一邊說著。

「真的有喔！」龍鱗銀露出一臉神祕兮兮的微笑，「想學嗎？」

「唔……還是不要好了。」韓宇庭認真考慮了一下，但最後還是搖了搖頭，「雖然我擁有魔法師的體質，但我還是覺得過普通的生活最適合自己。」

他想起了今天稍早發生的那些事，忽然覺得即使擁有魔力，也未必會讓自己變得更快樂，巫老師說一旦熟悉了身懷魔力的那種感覺，很容易就會成為一種成癮的症狀，到了最後無論是人類還是智慧種族，都只會越陷越深。

「無法克制自己的欲望，這應該就是導致魔法師與吸血鬼們今天如此悲慘的原因吧！」

「很好的體悟。」龍鱗銀贊同地點了點頭，「韓宇庭，你能夠正視欲望的本質並且嘗試克服它，這點就把你跟那些普通的魔法師們分野開來，牢牢記住這點的話，無論去到哪裡都會很受用吧。」

「嗯，今天雖然學到了不少東西，但要是可以選擇的話，可以不要再來一次嗎？」韓宇庭嘟囔著說，「這次差一點連命都沒了。先是被魔法師們追殺，然後又被吸血鬼們圍捕，最後甚至被鱗銀小姐妳推出去讓德古拉吸血！」

「這不是很刺激嗎？一般人哪有機會經歷這種遭遇？」龍鱗銀拍了拍他的肩膀，幸災樂禍地說道，「安啦安啦，你背後可是有我罩著你。」

「鱗銀小姐，如果再相信妳的話，那我就是個笨蛋。」韓宇庭心有餘悸地打了一個寒顫，「這一次算我運氣好，才能夠有驚無險地逃出來，再多來個幾次，心臟肯定會受不了的。」

「沒關係，習慣成自然。你既然都想做個智慧種族學者了，那麼被咬、被抓、被打的事還怕少不了嗎？」

「鱗銀小姐太誇張了，說得好像智慧種族都很野蠻，他們可是『智慧種族』啊！」

「當然，也就是你口中的『智慧種族』，才會做出勾結官府、畜養奴隸、捕捉幼龍……這類的事情。」

「唔……」

韓宇庭陷入了沉思，然而看見這一幕的銀髮女子只是舒適地抱起了胸口，翹著二郎腿打量他。那雙眼裡，只有在這時候才會閃爍出遠遠超過普通人類所應擁有的智慧的光芒

細細地咀嚼著龍鱗銀話語的韓宇庭，不知道什麼時候開始覺得眼皮變得沉重。

這個世界本來就是這麼沉重的嗎？

他努力思索著這個問題，但眼前的景象卻慢慢地越來越黑暗。

「喂！韓宇庭，該醒來囉！」

「咦？」韓宇庭從恍惚之中猛然起身，「這裡是哪裡？」

龍鱗銀噗哧一笑，「還問這種問題，你連自己的家都不認得了嗎？」

「嗚！不是啦！」當然不可能連自己的家都不認得，但是嚴格說起來，他所在的地方並不是自己的家，而是家的隔壁，也就是龍羽黑他們的房子之前。

從地上搖搖晃晃地站起身的韓宇庭，像是要抖散掉還徘徊在頭蓋骨裡頭的混沌一般，用力地晃了晃腦袋，「我是哪時候睡著的？」

「睡了很久，跟死豬一樣。」

「鱗銀小姐，妳講話不用那麼惡毒吧？」韓宇庭洩氣地說道。

「不信的話你可以自己去照照鏡子，看我有沒有說錯啊！」龍鱗銀吐了吐舌頭，接著轉頭對吸血鬼司機說道：「到這裡就可以，你可以回去了，順便告訴德古拉，即使知道了龍的住所，也休想再打什麼鬼主意啊！」

「妳、妳這是什麼語氣呀，以為我是小狗嗎？」吸血鬼不滿地說道，「難不成妳還真的把自己當成我的主人了？」

「哦，有意見嗎？」

龍鱗銀屈身向前，狠狠一瞪。

「嗚！小的不敢，我、我現在就離開！」吸血鬼司機匆匆忙忙地跳上車，迅速發動引擎，一下子，加長型的黑色禮車就一溜煙地飛快開走了。

「咦，鱗銀小姐，就這麼放他回去沒關係嗎？」

「當然沒關係，會吠的狗不會咬人，這些傢伙就只會虛張聲勢而已。」

「那如果……」

「沒有什麼如果，要是他們敢再追過來，那我又有一個藉口可以好好修理德古拉了。」龍鱗銀殘酷地笑著，一副巴不得天下大亂的樣子。

「先、先別說這個了，既然人家願意跟我們和解，那我們也不妨大事化小，小事化無。」

「也對，畢竟我可是寬宏大量的銀龍。」龍鱗銀驕傲地說道，雖然那話語內容的真實度相當令人存疑。

「鱗銀小姐說得沒錯，老是跟人斤斤計較的話，反而會失去了妳的高度。」

「怎麼聽起來好像是在訓斥我的不是的樣子？」龍鱗銀忍不住白了韓宇庭一眼，「算了，你把小黑扶起來一起進去吧！」

「龍同學？」

韓宇庭眨了眨眼，轉頭一望，果然發現黑龍少女就坐在庭院前的門階，一動也不動的樣子。

龍羽黑的頭髮有些散亂，微微抬起來的面容上，嘴唇微張，雙眼好像完全抓不住任何焦點……一副，一副……

「這不是還沒醒過來嗎？」

「對呀！」龍鱗銀用力地點了點頭，「可是小黑有起床氣，所以現在就是該你上場的時候了。」

「什、什麼？」

「哎呀，有起床氣的小黑，雖然讓人困擾但卻也十分迷人呀～」

「不，我不是在說這個……」

龍鱗銀露出自認為對韓宇庭非常體恤的微笑，再加上充滿善意的目光，又補上了看似真誠的鼓勵，不過她拍手的時候，韓宇庭注意到她的雙手十指不僅包紮著繃帶又滲出了絲絲血跡。

「你說這個嗎？只不過被咬到而已喔，嗯嗯，被龍咬到的話，一般人的骨頭應該會斷掉吧？」龍鱗銀若無其事地說道。

「什、什麼？會斷掉？」韓宇庭倒抽了一口冷氣。

「當然啊，你不是知道的嗎，神話故事裡都還有用龍的牙齒製造而成的兵器喔！」

「那我才不要！」

「哼哼，我知道你想說些什麼，但是很可惜的是，小黑在睡覺的時候對我非常防備，只要我稍微一靠近就會因為討厭我而展開本能的防衛攻擊……咦，怎麼說著說著眼睛就突然流起汗來了？」

龍鱗銀裝模作樣地擦了擦眼角的淚水，望著龍羽黑無奈地說道，「嗚嗚，小黑，妳實在太可憐了，居然要被遺棄在這裡吹著夜晚的寒風，這一切都要怪韓宇庭這個無情無義的傢伙，只在乎自己的人身安全，連叫醒妳都辦不到……」

「好了好了，我叫她就是了嘛！」

韓宇庭終於受不了龍鱗銀的刺激而大喊。

「但是，鱗銀小姐剛剛也說背龍同學會有受傷的危險吧，要、要是那樣的話……」

「你是想要問有沒有治療魔法吧？有有有，當然有喔！想不想學？」

「……我開始覺得，學會魔法似乎也不是什麼壞事了。」

「回心轉意了嗎？」

「我只是考慮看看而已啦！」韓宇庭抱怨著，「不過鱗銀小姐妳也至少為我施展個保護性的魔法也好嘛！」

龍鱗銀抱起了胸，一副看著好戲的模樣，不過看起來她並不打算幫忙，韓宇庭只好自己一個人硬著頭皮，小心翼翼地接近起龍羽黑。

就在手指頭靠近的時候，龍羽黑忽然動了動嘴唇。

嗚哇，不要咬我啊！韓宇庭在心底放聲慘叫，急忙抽回手指。

好在他的憂慮沒有成真，龍羽黑並非真的要動口咬人，她張開嘴巴其實是為了——

「唔～唔～我已經醒來了啦！」她含含糊糊地說。

「咦咦？」

黑髮少女就像所有會在假日清晨被爸爸媽媽從甜美的睡夢中吵醒來之後的青春期少女，做出了一模一樣的反應——眼皮雖然勉勉強強地撐開，但是瞳孔依然拒絕接受外界的刺激，彷彿只要繼續縮成一團就可以欺騙自己做美夢的時間還沒結束。

此刻龍羽黑的意識恐怕還在一片虛無縹緲裡頭飄盪吧！證據就是她的嘴上喃喃叨念著的語句。

「時間還早，再讓我睡……」

「再五分鐘就好……」

「這顆水蜜桃真好吃……」

「我刷好牙了，我去上學了……」

啊啊，不行啊，再這樣下去只有精神上會抵達學校，身體連家門口的一步都沒有邁出，而且這個時候都已經是黃昏了，也根本不是上學的時候！

韓宇庭維持著「要是她一口咬過來就馬上逃跑」的氣勢，盡力伸長手臂去碰觸龍羽黑的肩。

「龍、龍同學？該醒過來了。」

「我醒來了。」

龍羽黑竟然直截了當地回答了，但這分明是謊話，不折不扣的謊話！

「沒辦法叫醒她啊，鱗銀小姐。」

韓宇庭困擾地望著把身體倚向門柱邊，打算更加沉沉睡去的龍羽黑，她調整著身體，擺明就是為了要找一個更舒服的姿勢睡覺。

「真是沒用啊，韓宇庭。」龍鱗銀鄙夷地搖了搖頭，「這樣下去一輩子都進不了家門的啊！」

「沒有這麼誇張吧，只要等龍同學醒來就會自己進去了，不是嗎？」

「哇！你說的真的很有道理，那麼我們就把小黑繼續放在這裡吹西北風吧！」

「萬萬不可！」韓宇庭急急忙忙地攔阻道，「我承認剛剛是我說錯話了，嗚！我無法放龍同學在這裡不管。」

「哼！以後說話要三思而後行，知道了嗎？」龍鱗銀一副得理不饒人的樣子說道，「所以說趕快把小黑叫起床吧！」

「可是我已經無計可施了。」

「算了，早知道就不該期望你……嘖！要不然你背她吧！」

「咦，妳說什麼？」

「我叫你背她進門……可惡，不對呀！本來有這種好康的事情應該是我來做才對。」

龍鱗銀充滿覺悟般地搥了一下自己的手掌，可是一旦她試圖接近龍羽黑，黑髮少女馬上就會……

「我就說再讓我睡五分鐘嘛！喝啊！」

「咿呀！」

鐵拳如疾風怒濤般地揮舞了起來，龍鱗銀發出一聲尖銳的慘叫，乾淨俐落地倒了下去。

「鱗銀小姐，不要逞強啊！好，我知道了啦，就讓我來背龍同學吧！」

看著抓住自己的後腦勺在地上捲成一團不斷滾動的龍鱗銀，韓宇庭不由得掬起一把同情之淚，只好壯起膽子，慢慢地靠近龍羽黑。

「嗚！我、我都不知道原來靠近一個睡覺的人是這麼恐怖的事情。」

韓宇庭望著外表看似無害的龍羽黑，內心暗暗膽怯，沒想到她剛才反擊龍鱗銀時所採取的攻勢竟然那麼明快激烈。

「是啊，要是沒有睡飽的話，小黑就會變得很凶暴……畢竟龍的主食是肉……啊！」龍鱗銀快要斷氣似地說著。

「現、現在請妳不要說這種恐怖的話啦，鱗銀小姐！」韓宇庭低聲發出了慘叫，「還有，妳真的沒問題嗎？」

「沒……沒問題……的。」倒在地上的龍鱗銀緊閉雙眼豎起一根大拇指，「被妹妹的粉拳打，在我們這行，也是一種……恩賜……」緊接著就將自己燃燒殆盡。

「咦，好像很順利的樣子。」

和龍鱗銀接近的時候完全不同，龍羽黑對韓宇庭的接近毫無反應，反而很安心地任手臂垂掛在他肩膀上。

好，好像真的能背！韓宇庭在心底下定小小的決心之後，小心地讓黑髮少女的重量完全依靠上來，接著，把自己的兩臂移動到龍羽黑的小腿後方，最後，只要一口氣——

「嘿咻！」

好不容易提起手臂，但是差一點就完全失去平衡，顛顛倒倒地走了幾步路之後，韓宇庭就像個蠟像一樣地僵在原地不動。

好痛！折到自己的腰了。

差點連眼淚都要飆出來。

雖然成功地把龍羽黑給背起來了，但畢竟是跟自己同年齡的少女，而韓宇庭又不是那種體格特別高大壯碩的男生，背在身上早就快要到達了極限。

果然還是有一點重啊！心裡頭雖然這麼樣子想，但是當龍鱗銀的視線掃過來時，韓宇庭刻意漲紅著臉說道：「一……一點也不……重。」

不知何時已經恢復過來，躺在地上的龍鱗銀發出了讚嘆的聲音。

「哇，能夠做到這樣，看來還真的應該多給你一點掌聲才是呢！」

那種輕而易舉地將女主角背起來或是來一個目眩神迷的公主抱之類的男性，恐怕只有少女漫畫之中才會出現吧！但是韓宇庭還是咬著牙，努力維持住身體平衡。

「別別別別取笑我了，鱗銀小姐。」

「接下來開始走吧！」

韓宇庭點頭，但才跨出一步就覺得眼冒金星。

「嗯，怎麼，沒有辦法移動腳步嗎？」龍鱗銀露出了不懷好意的賊笑，「韓宇庭，平時沒有努力鍛鍊身體喔，看起來模樣真狼狽。」

「才、才沒那種事呢，我其實覺得很輕鬆喔！」

「現在看起來正是捉弄你的好時機呢！」

「哇啊，鱗銀小姐，請妳千萬不要發出那種壞笑。」

「你怕不怕癢啊，韓宇庭？」

「怕、怕！萬萬不可搔我癢啊，鱗銀小姐，龍同學會摔下來。」

「哼！那可就沒辦法了。」

在背負著另一個人的重量的狀況下，韓宇庭必須集中全部精神撐住手臂的負擔，而會造成這樣子的原因是……

「哎呀，看起來小黑的身高對你來說還是太高了一點呢！」龍鱗銀落井下石地壞笑道。

「可、可惡，別糗我了，我也想要長高啊！」

有著「身高矮」這個致命傷的韓宇庭發出了悲痛的怒吼，同時也遭遇到了嚴苛的挑戰——假如不努力抬起手臂的話，龍羽黑的雙腳就會很滑稽地拖到地上，萬一這種事情真的發生了，那麼韓宇庭就要背負著「連一個女孩子都背不起來」的臭名了。

背不動女孩子的男孩子就要背上一輩子的恥辱。即使韓宇庭平時並不認為自己多有男子氣概，但也絕對沒辦法接受。

「喔喔，就是這樣，韓宇庭，拿出拚死的氣勢，對了！我有沒有告訴過你，關於我這裡的長高的魔……」

「嗚哇，嗚哇哇哇——我不要再聽了！」

龍鱗銀竭盡全力地想要讓韓宇庭分神，只可惜韓宇庭已經沒有再多兩隻手來摀住耳朵了，只好用放聲大喊的方式制止龍鱗銀。

對韓宇庭來說，背在身後的龍羽黑不單只是沉甸甸的負荷，同時也帶來了許多無法一一細述的特別的感覺。貼緊在後背所傳來的觸感，令他驚覺女孩子的身體竟然是那麼地柔軟。

垂在臉頰旁邊的柔順頭髮，飄散著檸檬柑橘類的淡雅香氣，一股又一股地刺激著韓宇庭的鼻腔，唔唔，令人心癢難耐。

專心，我要專心！

韓宇庭拚命地告誡著自己，努力忍住心蕩神馳的意念，假如在這裡動搖的話，腳一定會軟掉的。

啊啊，明明就只是從庭院一直走進客廳的一小段路，為什麼實際走起來會變得那麼辛苦呢？每一步對韓宇庭來說都是個挑戰，要踏上臺階就像叫他登上喜瑪拉亞山上一樣困難，因為這個時候身後某樣柔軟的物體便會不斷地輕摩他的後背……

最後韓宇庭終於成功地把龍羽黑放到軟綿綿的沙發上，接著龍鱗銀就不知道跑到什麼地方去了。他立刻累得癱坐在沙發下面，就像是跑了十幾公里的馬拉松一樣氣喘吁吁。

「辛苦了，你也可以先休息一下吧。」

韓宇庭點了點頭，接過龍鱗銀好心端過來的水，一口氣咕嚕咕嚕喝下。

「休息夠了嗎？」

「嗯，差不多了。」韓宇庭說道，「不過時間也不早了，等一下我大概也得回家準備吃晚飯。」

「是嗎？但是在此之前，我有事情用得到你，休息夠了就跟我說一聲。」

「這樣啊，我忽然覺得怎樣休息都不嫌夠呢！而且我等一下還要回家吃晚飯。」韓宇庭已經從對方的口氣裡頭嗅到了「麻煩」的氣息。

「是嗎？我知道了，既然你看起來這麼活蹦亂跳，那就趕快跟我來吧！」

「呃，再一下……」

「跟我來吧！」

「鱗銀小姐，妳根本沒有在聽我說話嘛！」

「是啊。我以為你早就知道了，跟我來吧。」

可惡，這位龍族大人根本一點也不打算聽韓宇庭說話，韓宇庭只好無奈地起身，跟在銀髮女子屁股後面。

「要去哪裡？」在他的想像之中，龍鱗銀大概又是有什麼煮飯整理東西之類的雜事想要扔給他去做吧！這位銀龍所化身的女子，身懷能夠將任何日常的家務事化為災難這種不可思議的本領，甚至自豪著這種根本就不值得自豪的事情。

「要請你幫忙的，可是一件很重要的事情喔。」

「咦？」

龍鱗銀帶他去的地方，則是……

「妳要我幫妳收房間裡頭的垃圾嗎？」

「當然不是啊，不過你要是願意這麼做的話我也很歡迎。」龍鱗銀打開了寫有「銀龍的香閨」小木牌的門板，提醒道：「小心啊，一個不留神，可是會摔下去的。」

「……我知道啦，鱗銀小姐，但是妳是不是可以考慮一下，在妳的房間門口放一架梯子呢？」

「啊啊，說什麼傻話呢，你要我去哪裡找這麼高的梯子啊？而且我房間的門口建這麼高可是有著特殊的用意的。」

「什麼用意？」

「萬一有不知天高地厚的小偷跑進來想偷我東西的話，就會在這裡摔成一灘肉泥，然後我就可以有免費的早餐吃啦。」

「請、請妳不要這麼泰然自若地說出如此恐怖的話……」

韓宇庭面色鐵青地說道，伸出腳尖探了一探眼前一塊空無的區域，那裡並不是什麼也沒有，半空中若隱若現地閃爍著微銀的光芒，乃是龍鱗銀造出來的可乘坐之風。雖然不知道是怎麼樣的原理，但這股魔法形成的風具有實體，甚至厚實得可以承載韓宇庭的重量，是抵達龍鱗銀的房間——也就是銀龍之龍穴地面唯一的辦法。

雖然確信龍鱗銀不會加害於自己，但畢竟腳下的是無形透明的風，韓宇庭無論搭乘多少次都還是要先確認過才可以安心。

龍鱗銀先是優雅地降落下來，接著可乘坐之風才忠實地把韓宇庭送達地面，一抵達下頭，韓宇庭立刻用力捏起鼻子。

「嗚哇！這裡的空氣好糟糕，鱗銀小姐，妳到底是多久沒整理房間了？」

「笨蛋！混小子！你才臭哩！」龍鱗銀生氣地捏了一下韓宇庭的屁股。

「哎唷！請妳不要動不動就出手打人。所以妳說的很重要的事就是找我幫忙打掃房間嗎？」

「嗚，這件事好像也很重要。」龍鱗銀稍微露出煩惱的表情，但又很快地搖搖頭大吼，「不對啦！別再說一些沒營養的話語了，韓宇庭，仔細看好，那個不是我房間的氣味。」

「不是嗎？可是……」

「沒有什麼可是，正經一點，我們要開始忙碌了。」

龍鱗銀收斂起戲謔的語氣，用力地拖著韓宇庭，然後大步跨向房間中央。

「這、這是什麼？」

飄浮在半空中的，應該便是讓韓宇庭覺得氣息濁滯的來源了，原來是一團重得讓人喘不過氣來的魔力漩渦，狂暴地在離地半個人高之處浮沉。

「啊呀呀呀……」

彷彿把幾百幾千倍的魔力以一雙超級巨大的手，像捏飯糰一樣全都壓縮在小小的二乘二立方公尺裡面，細小的黑色魔力分子在這狹窄的牢獄中不情不願地捲攪翻騰，宛如在大喊「放我們出去」般地不安躁動，形成了狂亂的激流。

即使站在十幾公尺之外，韓宇庭依然被那股滯濁的魔力影響，擁有吸收魔力之特異體質的他，禁不住那陣強烈的反胃感，一下子變得頭重腳輕。

「嗚！頭暈目眩的，好難受。」韓宇庭強忍著五內翻騰的不適感問道，「這是什麼東西？」

「這些……該說是魔力的殘渣嗎？反正就是前一晚小黑釋放出來的東西……這些全都要怪那些該死的吸血鬼，因為他們害得小黑過度使用了魔力，削弱了翼藍施加的封印。今天被德古拉攻擊的時候也是，小黑差點就又沒辦法控制住自己了。」

銀髮女子一副把吸血鬼們說得十惡不赦般的語氣，她所說出口的話則是讓韓宇庭驚訝得張口結舌。

「現在你懂了嗎？這就是我們要洗掉小黑記憶的真正原因，因為就在昨晚，她差點又要『覺醒』了。」龍鱗銀忿忿不平地說道，「為了把這團東西強行壓抑在這裡，可是花了我跟翼藍好大的力氣。」

「等、等一下，可不可以請妳從頭解釋到底為什麼會這樣？」

龍鱗銀露骨地露出了一副嫌麻煩的表情，「種種的原因一時之間很難跟你說清楚，總之你只要知道，一旦小黑失去意識，她體內的某種力量就會大量地散漏出來，就連我們施放在她身上的魔力抑制之印也沒辦法阻止……因為黑龍的力量跟銀龍、藍龍本來就是相等的，九龍彼此沒有強弱之分。」

「等等，妳越說我越糊塗了。」韓宇庭連忙伸出手，「什麼黑龍、九龍的，我根本不明白呀！」

「韓宇庭，所以說你們人類還真是悟性駑鈍啊……」龍鱗銀搖搖頭，好像深深為了學生的無知而感到無奈。

「是是是，真是對不起，我們人類就是這麼蠢笨。」韓宇庭虛以委蛇地說道，純粹是因為懶得和她鬥嘴，「所以可不可以請聰明的龍族說得更淺白一點？」

「這要一一和你解釋起來，可要花上不少時間。而且我現在這副模樣是沒辦法做說明的。」

「咦？」

「得先變身回去才可以。」龍鱗銀抱著胸口說道，「如果要處理掉這團魔力碎屑，光憑我現在這人類型態的力量沒辦法做得到，而且我更需要你的協助……喂！韓宇庭，打起精神，在翼藍回來之前要把這一切搞定啊！」

「為什麼不等翼藍先生回來再處理？再怎麼說，翼藍先生也是龍不是嗎？」

「因為如果要處理這團亂七八糟的漿糊的話，我們都必須變回龍的原形。」龍鱗銀不太高興地說道，「我可不想讓那傢伙……我是說藍翼在那裡對我指東說西的，聽得耳朵都會長繭，煩都煩死了。」

「妳怎麼這樣說呀，翼藍先生不是妳的弟弟嗎？」

「龍翼藍跟藍翼又不一樣，那麼死腦筋又愛讓人操心的巨龍，誰會受得了？」

「唔……」聽到龍鱗銀所說的話語，韓宇庭愣了一愣。

龍鱗銀似乎也察覺到自己的失言，連忙接口：「算了，唉！我們別在這裡浪費時間了，這件事拖得越久，要用的力氣就越多。」

銀髮女子話語剛落，完全沒給予韓宇庭任何心理準備的時間，忽然之間就展開了變身。

龍的變身。

巨大的旋風在原本平靜無波的空間裡頭掀起漣漪。

「咦咦咦咦咦？」

「呀啊啊啊啊啊——」

韓宇庭趕快躲進距離自己最近的龍鱗銀的雜物堆裡頭避免被這狂風吹走。

眼前的景象教人畢生難以忘卻。這還是韓宇庭第一次看見龍的變身，話說回來，雖然他曾經數度看過銀龍與藍龍的巨龍型態，然而他卻一次也沒有看過他們是如何化為原本的模樣。

本來以為人與龍之間的變化會有什麼驚天動地的場景，可是事實卻跟他的想像相去甚遠。

韓宇庭對龍的變身的想像，來自於小說、漫畫以及動畫裡頭描述的華麗光線、聲音特效……結果種種會出現在創作作品裡頭的誇張幻想全都沒有出現，龍的變身只是一瞬間，而且非常簡單就完成了的事情。

喀啦、喀啦、喀喀……嗡嗡嗡嗡……

那過程根本沒有辦法用言語加以描述形容，當「龍鱗銀」這個人的輪廓迅速地開始扭曲、擴張，就像水體和陸地之間的界線一樣，那是非常突然而然地，她身上的衣服陡然消失不見，一眨眼之間，換上了銀色的鱗片。

巨龍「銀鱗」昂然現世。

風暴停止了，韓宇庭猛然吸了一口氣，為眼前情景之震撼而深深心折。

銀鱗維持著昂頭的姿勢好一陣子……不，大概只維持了好幾秒鐘吧，可是基於被拉得十分漫長的韓宇庭的時間體感，所以以為過了很長的一段時間。

「啊！無論多少次還是難以習慣從人類型態恢復為原本身姿時的不協調感，寰宇淵博的智慧在轉瞬間流入腦中，恢宏無匹的力量在我體內奔騰，萬事萬物在我眼裡都變得如此渺小。」

銀龍的聲音十分宏亮，可是內容似乎唏噓不已。

銀龍抒發完情緒以後，接著才低下頭來俯視腳下的人類少年。

「日安，韓宇庭，在你面前的我是風之主卡拉阿希特領主銀鱗。」

「您、您好，銀鱗。」韓宇庭又敬又畏地點頭致意，銀色巨龍如今展露在他面前的威嚴與壓迫感，已與先前的銀髮女子截然不同。

光是被銀龍這麼樣地用目光輕輕一掃，就讓韓宇庭不由得感到全身都被震懾降伏，彷彿心裡面的意志在那宏大的存在之前，化為一株雜草般渺小。

雖然銀龍並沒有使用暴力的脅迫，也不帶任何惡意，可是光是那無比崇高的姿態，就會令人類心底衍生自慚形穢之感。

「卑微的人類，如此弱小，禁受不住直視巨龍的壓力。」銀鱗輕蔑地說道，「無須緊張，韓宇庭，我不會傷害你，下界種族無法習慣面對我在兩個型態之間的轉換，此乃必然，你此後便會習慣。」

儘管態度傲慢，然而銀龍移動身體之時依然優雅得無法用筆墨形容，牠那巨大的身軀在行走的時候居然不會揚起任何塵土，只有銀塵像鱗粉一樣在空氣中閃閃爍爍。

「我等巨龍本來便非下界種族能夠直視之存在，尋常智慧種族因為與龍族間之發展程度相去甚遠，彼此層次並不相同，自然也難以互相對話，但龍族仍有需要與下界種族溝通，『九龍』便是因此而創設，我們利用智慧種族之形貌與各種族進行交流，你所見到之龍鱗銀形象，亦只不過我萬千面貌的其中之一而已，不過，當我化身為龍鱗銀時，我的力量和智慧也會降低到人類的水準。」

「原、原來是這樣的嗎？」韓宇庭茅塞頓開地點了點頭，與龍對話一陣子以後，他便能漸漸地承受得住這股壓力了。

「雖然只是我無數變身之中的其中一種，卻也是我最喜愛的型態。身為擁有無窮智慧與力量的龍啊，反倒不如能夠盡情品嚐凡人喜怒哀樂的人類有趣。」

「嗄？」

「沒事，韓宇庭，你可以剛才那段話當成是我在自言自語。」

銀鱗微微垂下腦袋。

「對、對了，妳剛才說九龍的話，意思是指還有其他的巨龍嗎？銀鱗、藍翼……」韓宇庭一一開始數著，忽然察覺到，「難、難道龍同學，我是說龍羽黑也是？」

銀鱗沉默了數秒，然後才開口回答：「沒錯。」

韓宇庭驚訝地睜大了眼睛。

「龍同學也是……」

「但她的本體現在尚不到應該覺醒的時候，因此我與藍龍設下了魔力抑制之印，將她維持在此刻名喚『龍羽黑』的人類型態。儘管如此，這樣的型態仍舊稱不上穩定，萬一她受到太過強烈的刺激，仍是很有可能提早解除封印，令黑龍降臨世間。」

「那、那會怎麼樣嗎？」

「黑龍尚不被允許恢復清醒。」

「我……請問我能知道為什麼嗎？」韓宇庭惴惴不安地問道。

銀鱗垂下眼皮，韓宇庭又開始感到緊張。

「關於這點，韓宇庭，你不妨親自體會看看吧。」

「體會？」

還沒做足準備的韓宇庭立刻就被銀龍推向那股魔力漩渦。

「哇、哇哇哇哇！」

在沉重的壓迫感下，韓宇庭吃力地想要維持站姿，可是卻連這點也沒辦法辦到。一時之間，狂暴的魔力洪流像是找到無辜的獵物般向著韓宇庭猛攫襲來，令他難以忍受、呼吸。

「夠了，韓宇庭，長時間凝視黑龍的魔力對你而言會吃不消的。」

就在韓宇庭差點倒下之際，銀鱗及時以翅翼維護住了他，遮蔽住了剩餘的魔力。而當翅翼放開，只見韓宇庭臉色蒼白地坐倒在地，臉上涔涔布滿了冷汗。

「啊……啊……」

韓宇庭勉強地動著手指，張開嘴巴，舌頭卻不聽使喚。

這跟韓宇庭以前接觸過得純然的魔力並不一樣，其中好像混雜了更多深沉又複雜的事物，僅只是集中精神的一瞥，卻已經讓韓宇庭不敢再嘗試第二次。

他勉勉強強地抬頭看著銀鱗，半晌卻說不出話。

「是不是感覺好像所有的希望都被吸得一點都不剩呢？」

韓宇庭有氣無力地點了點頭。

「沒錯，這就是黑龍之力的屬性。僅只是黑龍魔力的一點殘渣就具有如此的力量，更別說是完整的部分。在牠還無法學會控制自己的力量之前，下界種族無法承受如此可怕的危險，我與藍龍肩負監督之職責，必須時時照看。不過眼下封印還算完整，當務之急乃是立刻處理掉這些殘渣，否則你看，這些太過集中的魔力正對這世界造成影響。」

銀鱗用風的力量協助稍微休息過後的韓宇庭重新站起。

「您、您說的是真的。」

韓宇庭猛吞著口水，在魔力漩渦外側，不斷地有一些像是透明的粉塵碎片的東西綻裂開來之後迅速地墜到地面，不過假使仔細觀察，就會發現那些其實是剝落的空間碎片。

「這裂口好像越來越大了。」韓宇庭擔心地說。

「因此，事不宜遲。那麼，我要開始了。」

銀鱗將目光投向那股魔力的渦流，從牠身體上發出了銀色的光，不斷送向目標，黑色和銀色的光緊接著混雜在一起，銀龍就像抽蠶絲那樣把魔力一道又一道地從一團混沌裡頭扯引出來。

「咦？銀鱗，那我該做什麼？」韓宇庭看著伸向自己胸前的魔力絲線，猶豫地不敢觸碰。

「我要將部分的魔力送到你那裡，試著引導那些魔力，順著你的身體，就可以自然消散於外界。」銀鱗說道，「你看向龍穴的出口吧，那裡連接的便是魔法世界，這些魔力將會進入自然的循環，成為供給魔法世界居民利用的養料。」

韓宇庭抬頭將視線投向龍穴的遠處，雖然他來過這個龍穴好幾次了，卻也只有偶然注意到那裡，原本是一個不知通向哪裡的地方，但現在銀龍竟然說那是連接到魔法世界。

「集中注意力吧，韓宇庭，更強的一股力量要來了！」

「是、是！」

銀鱗一邊不停地引導魔力的流動一邊加強銀色的光芒。

「我是一，黑龍也是一，一與一雖會互相抵銷，但額外的存在卻能影響整個平衡。雖然你只是個凡人種族，但卻也能夠成為影響我們九龍之間優劣消長的關鍵棋子。任何存在者，無論他有多渺小，只要存有自己的意志，都能憑藉著這股意志影響整個世界。」

「是、是的。」

不知為何，韓宇庭覺得銀鱗對自己說的這番話，別有深意。

從銀龍之處送過來的魔力，火辣辣地穿越了韓宇庭的身軀，但已經比先前的時候較為可以忍受。韓宇庭覺得自己好像一張人型的濾網，馬不停蹄地把滌淨的魔力傳向廣闊無邊的大氣之中，而原本結合於魔力內部的黑暗，則不斷和銀色的光芒相抵、消散。

在韓宇庭的協助下，銀龍剝除漩渦的速度飛快，不一會兒，巨大的魔力集合體便已經被清理得一乾二淨。

「……終於結束了。」

「呼，妳辛苦了。」韓宇庭已經累得坐在地上一時半刻站不起來，不過負擔了絕大部分的淨化工作的銀鱗應該更為疲勞吧！

銀龍長長地吁了一口氣，難得地顯現出少許的疲憊，並且就那樣好一陣子都維持不動著不動的姿勢。

龍穴中安靜得只旋繞著兩個生物的呼吸聲。

「呃……銀鱗？」韓宇庭小心翼翼地問道，「妳不要不說話嘛，發生什麼事了嗎？」

「沒什麼，我剛才只是在尋找適當的言詞。」

銀鱗結束了沉默，語氣似乎顯得有點不太習慣。

「我必須……表達對你的感謝，韓宇庭，儘管你們人類確實弱小，但這次若不是有你的幫忙，我也無法如此順利地清除掉這些淤積的魔力。」

「哪、哪裡，這只是小事一樁。」韓宇庭飛快地搖著手，心裡實在感到非常驚訝，他尚未習慣受到巨龍的道謝，不如說要讓這麼強大的存在對自己說出感謝的話語，根本是連作夢也想像不到的事情，「那現在妳……妳是要恢復原本的樣子了嗎？」

「呵，你在說什麼呢？」銀龍像是覺得十分可笑地說道，「我原本就是龍，又要如何恢復成我原本的樣子呢？」

「啊，對、對喔，對不起。」

「不必道歉。」

銀鱗輕輕發出猶如嗤笑般的細聲，接著這笑聲又轉變為輕微的悶響，銀光像是燄燼般四處紛濺，牠的體型也隨之逐漸縮小，又一次，韓宇庭目睹了由龍轉化為人的奇妙變化。眨眼之間，盈蓄著力量與智慧的巨龍消失得無影無蹤，那個驕縱自大，行事犀利的龍家之主龍鱗銀則再次出現在他的眼前。

「呃啊，鱗銀小姐，歡迎妳回……」

咕咚！

「哎唷！」韓宇庭抱著腦袋上下亂竄，「妳幹嘛打我？」

「沒什麼，就覺得很想揍你一拳。」龍鱗銀碎碎念著，「每次回歸到這個型態，回想起變成龍的時候所做的事情，就會覺得一肚子火。」

韓宇庭訝異地看見龍鱗銀的臉頰微微地發紅，「鱗銀小姐，妳該不會是感到害臊吧？」

「笨蛋，這怎麼可能嘛！」銀髮女子破口大罵，韓宇庭則慌忙避開她踹過來的那一腳。

「好啦，事情結束了，我們回樓上去吧！」

「好、好的。」

龍鱗銀一邊走還一邊伸著懶腰。

「累死我了，費了這麼大的勁，肚子也餓得扁扁的了，翼藍怎麼還不趕快回家煮飯呢？」

韓宇庭抓抓腦袋，跟在銀髮女子的身後，眼中望見的則是她的背影。

雖然不再具有身為巨龍之時那種無法令人直視的可怕氣勢，可是這個人類型態的龍鱗銀卻會無緣無故地修理他，說不出來是哪裡好哪裡不好，只是，似乎比巨龍還要親切多了。

「……鱗銀小姐果然還是這個樣子最適合了。」

「你說啥？」

「沒、沒事，我只是自言自語罷了。」

龍鱗銀搔搔腦袋，開始低聲咕噥。

不過，銀鱗說龍鱗銀只是她無數種形貌中的其中一種，又說當她變成人類的時候力量和智慧也會有所降低……那麼，她的性格是否也會發生改變呢？

韓宇庭揣測著這個答案的時候，龍鱗銀已經在出口處不耐煩地出聲喊道：「別再蘑菇了，韓宇庭，你再慢吞吞的話我要把你丟下囉！」

「啊，別！千萬不要！」

韓宇庭大聲回應著，然後急匆匆地奔向了龍鱗銀所製造出來的風之樓梯。

六、龍鱗銀的天敵登場

「真是的，處理那團烏煙瘴氣的東西，害我都覺得自己真的變臭了。」龍鱗銀在意不已地嗅著自己的全身。

「鱗銀小姐妳只是神經太敏感了一點吧？」韓宇庭應和著，可是卻被龍鱗銀瞪了一眼。

「囉唆，你這粗枝大葉的男生不會懂女性的心理的。我要去洗個澡，你就先在客廳好好看照小黑。」

「好的。」

韓宇庭點點頭，說完，但龍鱗銀走上樓梯之後，他也馬上聞了聞自己，檢查自己身上是不是也有沾染到她口中所說的氣味。

「應該沒有問題，畢竟再怎麼說也只是魔力，不會對現實造成影響吧？」左聞右聞都沒有什麼異樣，韓宇庭告訴自己不要杞人憂天，會覺得反胃或是噁心，純粹只是感官對於魔力所產生的幻覺反應而已，對於其他人來說根本不會覺得有任何差異。

「不知道龍同學醒過來了沒有。」韓宇庭悠悠地踱步進入龍家客廳。

輕輕流逝的時間不但推著時鐘上那規律的指針步步前進，同樣地也推移著屋外的晚霞，從門戶邊的隙縫悄悄鑽進來的金色霞光一寸寸地拉長身影，就像是偶然間發現了這間屋子於是打算展開一場探索房屋的大冒險。

黑髮少女已經從沙發上坐起，抬頭很快地發現了走進客廳的韓宇庭。

「啊，妳醒來了嗎？」

「嗯……」龍羽黑茫然地注視著身旁的枕頭和毯子，「咦，我怎麼會在這裡？」

「妳睡迷糊了嗎，這裡是妳家呀！」

「我、我當然知道這裡是我家，我還沒有笨成那樣好嗎？」龍羽黑似乎稍微清醒了一點，略微被激怒似地說道，「我好像還有一點印象，好像是……是你把我背回家的，韓宇庭？」

「是啊。」

「咦？背、背我？竟、竟然讓你背我？可是我的體重胖……胖……唔……這、這……」龍羽黑鼓起腮幫子，兩頰也突然漲得通紅，一邊絞扭著手指。

「嗯？」

「你、你不要多管閒事啦！」

「這怎麼算是多管閒事？龍同學，放著不管的話，妳就要在門口著涼受凍了呀！」韓宇庭有些受到打擊地說。

「不、不是啦！我說錯了。」龍羽黑焦急地抓了抓自己的頭髮，「我是說，謝謝你。」

韓宇庭微微一愣，「不需要這麼客氣啦。」接著露出了淺淺的笑容，不太在意地揮了揮手。

「笨、笨蛋，不知道人家最在意的事。」龍羽黑細細地說道，接著吞了吞口水，鼓起勇氣試探地問著：「會、會不會很重？」

「不會，不會。」韓宇庭搖搖手。

聽到韓宇庭這樣說後，龍羽黑終於露出了安心的表情。

「咦，好像有人回來了？」

聽覺敏銳的龍羽黑像是注意到門外傳來的細微震動與聲響。

有什麼人來到了他們家的門口前，原本從門外照射進來的夕陽光像是被驚覺似地，嚇得一瞬間鑽入了陰影……不對，是都被遮蓋住看不見了。

門鎖轉了幾圈打開來以後，身材高大但是擁有溫和面孔的男人緊接著走了進來。

「我回來了。」龍翼藍的手裡還抱著一盆小花，看來他真的是很喜歡園藝，嬌嫩鮮豔的小花和藍髮男子壯碩的外觀形成了強烈的對比，但他本人似乎不是十分在意，「喔，你們兩人都在啊？」

「翼藍先生，工作辛苦了。」

「啊，是藍哥！藍哥藍哥藍哥！」

「哇啊啊，羽黑，妳不要一下子就撲上來啦，哈哈哈～」

他們兄妹兩的感情似乎真的很好，一躍而起的龍羽黑把頭蹭進了哥哥的胸膛裡不停撒嬌，龍翼藍似乎被她的熱情弄得有些喘不過氣，但臉上依舊浮現了溫馨的笑容，過了好一會兒才把高舉著的妹妹放回地面。

看見龍翼藍這麼輕鬆自在地把龍羽黑舉起來的韓宇庭，低下頭來看了看自己的二頭肌，有些喪氣又不甘心地嘆了口氣。

藍髮男子微微張大了眼睛，「咦，小黑妳身上的封印……」

「嗯？藍哥怎麼了嗎？」

「不，沒事。」

龍翼藍搖搖頭，恢復平時的模樣。

「嗯嗯，呼～好了，羽黑妳該放過我了，不然我就沒辦法跟韓宇庭說話。你們先到這裡坐下吧。」龍翼藍指了指家裡最大的一張沙發說道，「對了，韓宇庭，我今天有去德古拉的宅第稍微探視，不過幸好你們都平安無事地回來了。」

「翼藍先生也有去？但是我們怎麼沒看到你？」

「也許只是錯開了吧，我是工作的時候順便去的。」龍翼藍四兩撥千斤地說道，「那麼，事情已經解決了嗎？」

「當然解決了。」

這時候龍鱗銀咚咚咚地從樓梯上現身，呼～呼～呃啊！砰！簡直要拆房子般的誇張聲響和恐怖震動，差點沒把韓宇庭震得東倒西歪，也使得龍翼藍臉色一陣青一陣白。

「妳、妳拿那個東西下來做什麼？」

「這是等一下要用的東西，哈哈，你剛剛說的那些話我都聽到了。」龍鱗銀得意洋洋地對著弟弟豎起了手指，像是在邀功般地說道：「有你姐姐我出馬，還有什麼事情搞不定的？包准那些吸血鬼們以後肯定不敢再來動我們一根寒毛。」

「唔……希望妳別把事情弄得天翻地覆才好，我離開的時候聽見整個宅第好像亂成了一團。」

「是嗎？我可是已經留手了，不好好讓他們體會一下膽敢招惹龍是多麼愚蠢的事情可不行呢！」

「說出這種話來，看來妳根本就比吸血鬼更加恐怖。」

讓龍翼藍無奈得垮下雙肩的吐槽卻也只是讓他那位性格強勢的姐姐不以為意地晃了晃腦袋，不僅不會反省，甚至還有些得意。

「等、等一下，為什麼看見了那個東西，你們還可以這麼泰然自若地進行對話呢？」龍羽黑用力地指著龍鱗銀搬下樓梯的那樣物品，一副不知道該從何說起的模樣，「妳為什麼沒事要把我們家裡頭最大的旅行箱給搬下來，是要出門嗎？」

這也是韓宇庭的疑問，龍鱗銀拖下來了一只大得可以讓人跳進去當澡盆使用的超大旅行箱，任何人看見了這幅情景，大概都會以為她想出遠門吧！但是她腳上卻還套著拖鞋並且一副剛洗好澡的樣子就想外出嗎？未免也太異想天開。可是到底為什麼突然之間要把這樣東西搬到大家面前，完全不明就裡……說起來，龍鱗銀好像也很少做出能夠說得出原因的事情。

龍鱗銀斜倚在樓梯欄杆旁邊，搬運這只旅行箱其實根本費不了她多少力氣，可是她還是裝模作樣地在那裡搧風擦汗。被問到了這個問題以後，銀髮女子馬上露出了興高采烈的表情。

「喔喔，這個啊！嘿嘿！這是我後天要去參加小黑妳學校的家長座談會時要帶的東西啊！」

無視於龍羽黑陡然之間變得發白的臉色，龍鱗銀開始一件一件掏出旅行箱裡頭的物品。

「你們看，我準備了筆記本、項鍊跟小鑰匙圈，這些東西肯定會很受大家的歡迎。」

「喔，家長座談會，我都差點忘記有這件事了。」韓宇庭拍了拍額頭說道，但是眼下還有其他的事情令他更為在意，「可是鱗銀小姐，妳是要去學校參加活動還是要去賣東西的啊？」

「為了要讓全世界的人知道我妹妹的可愛之處，我從很早以前就已經做好準備啦！難得有這麼好的一個曬妹妹的機會，怎麼能夠放過呢？」龍鱗銀就像個旅遊觀光景點裡頭兜售生意的小販，非常熱情地招呼著眾人，「來來來，看看這張我最珍藏的小黑海報，是不是做得很有藝術氣息？」

「咦，哪裡啊……啊！龍同學妳在做什麼？」

龍鱗銀剛拿出海報還沒有打開，龍羽黑便一口氣衝了上去，韓宇庭還來不及看見海報的內容，它就先變成了一片片的雪花。

「不、不准拿出這麼丟臉的東西！銀姐，妳到底是想帶什麼亂七八糟的東西啦？」龍羽黑又羞又氣地大喊，並且用力地搶過了旅行箱，雙手扠腰瞪視著銀髮女子，「我要把裡頭的東西通通倒出來檢查。」

「咦，小黑，妳不要這麼凶嘛……」龍鱗銀無辜地說道。

「囉、囉唆！」

黑髮少女迅速地把旅行箱翻倒，裡頭的東西一下子散落了滿地。

為了預防是不是有特別值得注意的危險（？）物品存在，龍羽黑開始認真地檢查著那一大堆以自己造型為基礎所開發出來的紀念商品，天啊！裡頭產品之多，五花八門，讓龍羽黑好幾次都差點忍不住想要昏厥的衝動。

然而其中有幾本非常巨大的簿冊格外引起韓宇庭的注意，那些冊子的大小跟厚度看上去並不是筆記本，他好奇地指著它們問道：「那些是什麼？」

「喔，這個呀～我剛剛很努力地把家裡的櫃子通通翻了一遍，好不容易才找出來的。」銀髮女子說得非常得意，彷彿當場就要轉起圈圈跳舞似地，「不過小黑小時候的每一張相片都很可愛，所以為了要決定帶哪一本相本，著實讓我傷透腦筋了呢。」

「哦，原來是相本……等等，妳說相本？魔法世界裡頭有相片？」

「這個是魔法相片。」

「這……真的有有這種相片存在嗎？喂喂！鱗銀小姐，可不是每種東西都能夠套上魔法兩個字亂用啊！」

龍羽黑目瞪口呆，過了一會兒才猛然醒悟般地放聲大叫：「為、為什麼要帶相本去啊？」

「姐姐我當然得要趁學校活動的時候好好地向同學們介紹關於妳的事情嘛！」龍鱗銀撿起了一本厚厚的相簿，「怎麼樣，韓宇庭，想不想先睹為快？」

韓宇庭用力點頭。

「哇！哇！住手！停，不准看！」

龍羽黑氣勢驚人地衝向被迷惑了心智而一步步走往相簿的韓宇庭，舉起右手用力一搧。

「嗚哇！」

韓宇庭被黑髮少女用力地推到沙發上制住。

「臭韓宇庭，快、快點給我忘掉！」

「嗚、噗、嗚哇，不要再打了！哇啊！」

拿起枕頭胡亂地把韓宇庭敲得頭暈腦脹之後，龍羽黑抬頭怒視自己的姐姐，「銀姐，竟然拿出這麼丟臉的東西，妳想害死我不成？趕快把那些東西放回去……不對，我是說給我燒掉！」

「姐姐這麼愛妳，怎麼可能害妳？」

「妳要是真的把那種東西帶去學校，會害我在班上同學面前抬不起頭來的，笨蛋銀姐！」

龍羽黑轉頭向哥哥求救，「藍哥，你快點講一講她啦！」

「姐姐，不要鬧了。」

「什麼？」龍鱗銀不滿地說道，「連你也想對我說教？」

「這……這個……」在龍鱗銀迅速地向自己的弟弟投來一個威嚇力滿點的懾人目光之後，龍翼藍的氣勢立刻委靡了下去。

「你有什麼意見啊？」

「不，不是的，我……但是妳這種行為只會給羽黑添麻煩吧？」

「就是說啊！」龍羽黑加油添醋地說道，「趕快停止妳那無聊的幻想吧，我只需要銀姐妳普普通通地來參加我的學校活動就夠了。」

「無聊！」

龍鱗銀露出大受打擊的表情，戲劇性地坐倒在地。

「居、居然被自己的弟弟妹妹說無聊！這個世界是怎麼了？友善親愛的兄弟姐妹情誼再也不會出現在我的生命裡頭了嗎？」

「沒、沒有那麼誇張吧？姐姐，只要妳肯快點放棄現在所做的事情，我們還是一樣很敬愛妳呀！」龍翼藍慌慌張張地想扶起龍鱗銀，但卻被打掉了手。

「不行，我絕對不能回頭！」

「事到如今妳還……」龍羽黑氣餒地跺了跺腳。

「製作這些商品，已經把我的零用錢全部都燒得一乾二淨了，要是沒辦法處理掉的話，接下來想買的手辦、廣播劇CD跟新番就都沒有著落了。」

「妳別把妹妹當成生財的工具啊！」龍羽黑氣得頭暈目眩，「妳不處理的話，我就親自動手把它們毀掉。」

龍鱗銀不捨地緊緊抱著她那堆商品，但是龍羽黑雙手扠腰堅持不向她妥協，並且一步步進逼，銀髮女子露出絕望的神色，忽然猛烈地站了起來，在驚訝的龍羽黑面前，發出立定決心的暴喝，「我決定了，我不會在這裡認輸的，明天我要把這些東西通通都帶去並且賣掉！」

「銀姐妳還沒有放棄嗎？」龍羽黑不死心地大喊，「不會有人要買那些東西的，而且相簿也絕對不可能說賣就賣得掉。」

「哈！我不會聽你們胡扯，一旦我已經決定好的事情，就不會再更改了。」

「姐姐，妳不要再一意孤行了，偶爾也聽聽別人說話吧！」

「夠啦！」龍鱗銀豎起一根手指，高聲呵叱，「不要忘記現在這裡誰才是當家作主的人啊！」

「咦，什、什麼？」

「哼哼！我要問你們，現在這個家裡面是誰最大？」

龍鱗銀咄咄逼人的態度讓龍翼藍有點慌了，「當、當然是妳吧，妳是我們的姐姐，不是嗎？」

「既然如此，那當弟弟跟妹妹的就應該乖乖聽姐姐的話，不要再唱反調了。」

「是、是這樣沒錯，可是這椿跟那椿根本是兩碼子事……呃……」

「我告訴你們，長幼有序，身為你們的姐姐，我擁有管教你們的職責，你們應該牢牢記住，姐姐的命令是不可違背的！」龍鱗銀強詞奪理地說。

「那、那萬一妳下的是無理的命令呢？難道也沒有人能夠制止妳？」龍羽黑不服輸地大喊。

銀髮女子高傲地挺了挺胸脯，一副唯我獨尊的姿態，大言不慚地說道：

「那是當然的！妳以為我是誰啊？別忘了我可是天下無敵的巨龍喔！這個世界上，有誰的力量和智慧贏得過我？這世上有誰能夠降伏得了我？翼藍，難不成你有這個野心嗎？」

龍翼藍趕緊搖頭。

「算你識相。沒錯，哼哈哈哈，無人能敵的我，我就是世界之王！我……咦，這麼晚了是誰在按門鈴？」

龍家的電鈴這時候拚了命地響起，彷彿一刻也不能等待似地喧囂狂叫著。

龍鱗銀焦躁不耐地走向門邊打算應門，同時還不忘繼續向兩名弟妹灌輸說教，「總而言之，你們要好好尊敬我，不要惹我不開心，明白了嗎……欸，是誰啊？不要再按我們家的電鈴了，你不知道現在已經很晚了嗎？到底有沒有禮貌嗷嗷嗷嗷嗷——」

打開門後對著門外的來客非常大聲咆哮的龍鱗銀，在話語的最後卻變成了一連串的哀號，而且聲音非常淒厲，把龍翼藍、龍羽黑——甚至是趴在沙發上的韓宇庭也抬起了頭——給嚇了一大跳。

「好痛！好痛！」

「妳說是誰沒有禮貌啊？」

龍家的大門一下子被人推開到底，龍鱗銀居然被一個人拎著耳朵跌跌撞撞地走了進來，而且她想掙扎也沒辦法掙扎，只能一邊慘叫一邊拚命地踱著小碎步。

「剛剛是誰說自己是世界之王的呀？」

「好痛！好痛！是我不對啦我知道錯了，放過我吧！」

扭著龍鱗銀腦袋走進客廳的訪客，是一名穿著紫色衣袍，看起來氣質十分尊貴的中年女士，她一邊懲治著龍鱗銀一邊斯條慢理地說道：

「居然一打開門就對來訪的客人面前大聲亂吼，我可不記得生過這樣子粗魯的女兒。」

「嗚嗚嗚嗚～」

而一看見那人身影之後，龍翼藍與龍羽黑更是換上一副不可置信的表情，接著脫口而出令韓宇庭十分震驚的話來：

「母親大人？」

「媽媽？」

七、世界上最強的龍？

「呼咦！」

韓宇庭發出了一聲非常奇怪的讚嘆，從床上坐了起來之後，一時還沉浸在半夢半醒的狀態之間，對著眼前蒼白的牆壁空虛地凝望。

腦袋，大概還要再經過片刻的運轉，才能恢復平時的狀態吧！大腦裡的微小工人們彷彿在大聲地說著：「該上工了！」然後拚命地替頭腦添加燃料，砰砰砰砰！思考的引擎漸漸地活絡，韓宇庭第一個思索到的是這個問題：

「現在幾點了？」

轉過頭來稍微瞄了一眼床頭的時鐘，距離設定好的鬧鐘時刻還有十分鐘以上，看來是自己醒得早了，嗯～不過為什麼會這樣呢？應該是因為自己昨晚做了那個怪夢的緣故吧！哈哈哈，居然夢到龍鱗銀小姐的媽媽來訪，而且還讓那位驕橫跋扈的銀髮女子露出那般驚慌失措的表情，心情真是太爽了。

看來自己平時真的被欺負得很厲害，所以才會做到那種夢吧！

話說回來，那個夢最後的結局是怎麼樣的呢？韓宇庭非常努力地回想，好像依稀記得，突然之間不請自來的女子擰住龍鱗銀的耳朵，接下來還把非常震驚的龍翼藍與龍羽黑叫到跟前，開始一連串的說教。而那自詡為「智慧種族中的貴族」的那三人，竟然連絲毫的反抗能力都沒有，只能乖乖地聽從擺布。至於韓宇庭，則是因為看見了三人跪在地上接受訓斥的場景過於震驚，因此從現場落荒而逃，失魂落魄地回到家中之後就立刻上床睡覺了。

……韓宇庭實在想像不到，那位平時天不怕地不怕的龍鱗銀居然也會在某人面前抬不起頭來，這果然是在夢境裡頭才會發生的事情吧！

他接受了這樣的想法，然後打了一個哈欠。

算了，應該還可以再瞇個一下，韓宇庭舔舔嘴巴，正當準備再度縮回被子裡頭的時候——

「韓宇庭，起～床～了～」樓下傳來了媽媽的叫聲，「太陽曬屁股囉！再不下來幫媽媽做早餐的話，我就要餓死了～」

一聽到這句話，頓時睡意全消。

「我起床了！」

韓宇庭掀開棉被，匆匆地奔向盥洗室。

「真是的，一個月裡頭難得有一天是媽媽比我早起的，這麼說來，難道媽媽的稿子終於趕完了嗎？」

結束清晨的盥洗，然後走下樓梯的時候，韓宇庭心中不由得這麼想。媽媽的職業是暢銷書籍作家，為了和截稿的死線交戰，沒日沒夜地不睡覺趕稿或是晝夜顛倒的生活都是家常便飯。

稍微伸頭探向餐廳，媽媽正在餐桌上享受著悠閒的早晨時光，咖啡爐咕嘟咕嘟地冒起了白煙和泡泡，仔細地盯著咖啡爐的媽媽，似乎正在利用爐子的熱度替雙手取暖。

「韓～宇～庭～」

「我已經下來了，媽媽，真是的。」韓宇庭微微蹙著眉頭，說道，「不必叫那麼多次啦，我已經不是小孩子了，當然會設鬧鐘自己起床啊！」

「是嗎，但是無論你多大，在媽媽眼中永遠都是我的小孩。」媽媽輕鬆的一兩句話就讓韓宇庭啞口無言。

「對了，既然看見了我，你是不是應該先說什麼呢？」

「早安……還是應該說晚安呢，媽媽。」

媽媽很滿意地嘻嘻笑了出來，「今天的話比較特別，可以說早安喔。」

韓宇庭嘖嘖兩聲，來到餐桌對面拉開椅子，細細品嚐著咖啡的媽媽，看起來心情特別愉快。

「……我該說恭喜妳嗎？稿子都趕完了？」

韓宇庭露出了苦笑，由於媽媽的特殊職業使然，通常在韓家，雖然是早上，然而對熬了一整晚趕稿的媽媽來說卻是說晚安的時刻。即使一大清早時看見媽媽露出一派輕鬆的模樣，但實際上早就超過十二個小時沒睡覺了，她那雙細細瞇起來的眼睛並不是因為在微笑，而是根本已經累得睜不開。

不過今天的媽媽看起來倒是神清氣爽。

「怎麼可能？但是今天有特別重要的事情，所以媽媽昨天晚上可是特別很早就爬上床去睡覺了唷！」

「截稿日不必在意嗎？」

「咦，那種事情就讓它像天空中的浮雲般消散吧！」

「底下的編輯先生們會哭泣的吧？」

「是男人就不應該為了這種小事而哭。」媽媽豎起一根手指，輕鬆寫意地拋出了即使會讓另一個人含恨，也要精彩把握住當下人生的快意宣言，「況且，人生就只有短暫的片刻，行樂正需要及時，跟家人的相處也是一樣。」

說得如此意氣風發，只不過，韓宇庭開始在腦海中構築的卻是過完今天以後媽媽應該會更加瘋狂地趕稿工作的畫面。

「對了，韓宇庭，趕快去做飯吧，不吃到兒子親手做出來的早餐，媽媽我光喝咖啡是絕對沒辦法感受到早晨的幸福的喔。」媽媽拿著湯匙不停地敲著碗盤，就像小孩子一樣。

「真是的，媽媽，別再這樣敲了，餐桌禮儀都跑到哪去啦？」韓宇庭垮下了肩膀露出無奈的苦笑，椅子都還沒坐熱就馬上又站起來說道，「我馬上去做。」

打開瓦斯爐，從櫃子和冰箱裡頭取出沙拉油、雞蛋和冷凍水煎包，韓宇庭熟練地把油倒入熱透的鍋中，油脂發出滋滋的聲音。

鍋子裡頭傳開的聲響和飄散出來的氣味，共築成了一首令人食指大動的交響曲。

「哇啊，好香啊，聞起來就很可口。」媽媽看著端盤上桌的早餐，迫不及待地拿出刀叉準備享用，「果然人家說母子之間是會互補的呀！韓宇庭，媽媽我呢，連最簡單的煎蛋都做不好，最大的成就就是生出了你這個手藝非凡的兒子，嗯嗯～成功，真是成功。」

「媽媽妳在說什麼呢，我也只不過會一些基礎的家常菜，距離餐廳的大廚還差得遠了吧！」

「這有什麼要緊，在媽媽眼裡你永遠都是最棒的。」

「別拍妳兒子馬屁了，吶！趕快吃一吃，盤子拿過來讓我清洗吧。」

「哎呀，真是個善體人意的乖兒子啊。」媽媽歡呼了起來，開始對盤子上的美味早餐展開猛烈的進攻。

韓宇庭斜眼望著大快朵頤的媽媽。

「如果妳真的覺得很好吃的話，那……」

「只可惜，即使這樣零用錢也不能多給你。」媽媽一邊吃一邊含糊地說著。

站在洗碗槽前的韓宇庭忍不住翻了翻白眼。

「不過作為交換，媽媽今天會出席你的家長座談會活動喔。」

「咦？」韓宇庭停下了洗碗的動作，微微驚愕地看著媽媽。

媽媽對他眨了眨眼。

「原來妳……是為了這件事情早起的啊？」韓宇庭原本還以為媽媽忽然之間恢復了正常的作息，是為了參加會議或者商談合約……這類工作上的事。

「嘿嘿！有沒有很感動啊？」

「……沒有。」口頭雖然這麼說著，但是他的心中卻覺得有些暖暖的。

「呃啊！」

打開了的水龍頭，熱水嘩啦啦地流了出來，一面清洗著盤子，韓宇庭一面不經意地抬頭看。發現了很不得了的東西，窗戶後方出現了宛如死人一般的蒼白面孔，嚇得韓宇庭忍不住驚叫出來。

「怎麼啦？」悠哉地踱步到客廳拿起報紙看的媽媽隨口關切了一句。

「沒、沒什麼。」韓宇庭敷衍地回答道，接著趕快掀起廚房裡的小窗戶，壓低了聲音對著窗外那位突如其來的訪客說道：「不要突然一聲不吭地在別人家後院出現啦，鱗銀小姐。」

銀髮女子露出可憐兮兮的表情，一把鼻涕一把眼淚地對著韓宇庭說：「你一定要幫幫我啊，韓宇庭，我沒有你的話就不行了。」

「行、行了，妳先把眼淚擦乾好嗎……到底是發生什麼事情了？」

一分鐘之後，韓宇庭從後們溜進了龍家的廚房裡頭。

「這、這個……我記得，上次進來這裡的時候好像也看過一模一樣的光景。」韓宇庭結結巴巴地說道，接著苦笑著搖了搖頭，「鱗銀小姐，妳總是有這種把做菜地方搞得一團亂的超凡本事啊！」

「可惡的韓宇庭，你敢在龍的面前說出這種大逆不道的話，看我不把你撕碎了才怪！」龍鱗銀不滿地說。

「把我撕碎的話，可能就真的救不了妳了，鱗銀小姐。」

龍鱗銀愣了一愣，「你這小子……」半晌過後，她抱著胸口，神氣十足地對韓宇庭說道：「現在變得很會說話了是吧？哼！罷了，你要是能夠幫我度過這次的難關，我就大人不計小人過地原諒你的失禮，我……」

銀髮女子的話還沒說完，從客廳間傳來了一道冷淡又嚴厲的女子聲音：

「早餐做好了沒有啊？」

「嗚哇！媽媽，再等一下，馬上就好啦！」

話音甫落，龍鱗銀的氣勢立刻消失得無影無蹤，一臉擔憂懼怕向著對方回應回去，然後揪住了韓宇庭的領口。

「就、就是這樣子啦，你也聽見了吧？我媽媽那個人……我實在應付不過來啊，求求你幫幫我吧！」

「媽媽？」當那個特殊的字詞從龍鱗銀的嘴裡脫口而出的時候，韓宇庭忍不住眨了眨眼，

「原、原來那不是夢啊？」

他終於恍然大悟，原本還認為龍鱗銀他們的母親出現只是他在腦袋裡頭的幻想呢！

「你在說什麼東西？」

「沒、沒事。」韓宇庭搖搖頭，打發龍鱗銀的疑問，「所以妳的母親真的來訪了……啊，妳說的難關就是妳的母親吧，那我究竟該怎麼幫妳？」

「你只要幫我弄出一頓像樣的早餐來就可以啦！」

「弄早餐？」韓宇庭懷疑自己有沒有聽錯了，「就這麼簡單？」

「什麼簡單？這是天大的危機啊，韓宇庭！」龍鱗銀突然開始誇張地抽抽噎噎著向韓宇庭

訴苦，「我媽今天早上不知道哪根筋不對了，忽然來個突襲檢查……你也知道，翼藍去工作，小黑去上學，家裡平時就只剩我一個人啦，於是老媽就問我在家裡面到底都在做什麼事情……遇到這種狀況，我該怎麼回答啊？」

「如實回答……啊！」

韓宇庭想起平時龍鱗銀在家時大多會做的那些事情，不由得愕然輕呼。

「你要我跟她說打電動遊戲、逛整天的網拍、再看一整季的連續劇嗎？」龍鱗銀哭喪著臉，「所以我就說，打、打理家務啊！然後她點了點頭，接著就要我弄出一頓早餐來證明看看，我當然拍了拍胸脯說沒問題囉！」

「妳居然這樣子說了！」韓宇庭倒抽了一口冷氣，「然、然後呢？」

「然、然後，就、就變成現在這個樣子啦！」

「這就叫做自作孽不可活吧……」韓宇庭搖了搖頭。

仔細一瞧，銀髮女子身上甚至還穿著沾滿了雞蛋、麵粉而變得髒兮兮的圍裙，而那頭引以自豪的亮麗銀髮上面則是撲著些許的粉狀、塊狀物體……應該是麵粉跟和水的麵糊吧！看上去慘不忍睹。

「現在不是落井下石的時候啦，韓宇庭。」

「妳撒了一個很不得了的謊啊，鱗銀小姐，你們家的家事不都是翼藍先生在做的嗎？」

「嗚嗚，但是現在這種情況，翼藍也沒辦法幫上我的忙，韓宇庭，我只能依靠你了。」

——這件事跟我無關，這就是妳平常都把事情推給翼藍先生——還有我來做的報應，呵哈！

韓宇庭很想這樣大喊，但是現在他並沒有真的如此苛刻無情地對待龍鱗銀，對方看起來好像真的很苦惱的樣子。銀髮女子彷彿馬上就要爆炸了似地拚命抓著自己的頭髮，崩潰地看著堆滿凌亂廚具與食材的餐桌和流理臺——發生在那裡的情境令韓宇庭也看得心驚膽顫。

總而言之，把遭當龍鱗銀肆虐過後的廚房說是「戰場」也絲毫不為過，韓宇庭露出了快要斷氣的表情，先動手整理把遍布在流理臺上的食材屍體掃了個乾淨，那些雞蛋、麵粉、肉片之類的食物，就像滿躺在壕溝之中戰死的士兵，無語地質問著為什麼要遭受到這種對待，實在讓人很難不生起惻隱之心。

「我、我只能先做出簡單的應急料理喔。」

龍鱗銀如獲救星般地望著韓宇庭。

「嗚！不、不行啦，你再怎麼說也得給我弄出一頓滿漢全席，呃……」但是看見韓宇庭臉上的表情，她立刻改了口：「這、這樣就很夠了。」

韓宇庭聳了聳肩，然後來到瓦斯爐前。

忍住不去在意那世界末日般的現場，韓宇庭深吸一口氣，接著提起菜刀，準備挽救這個殘破的世界……

「來、來囉！讓妳們久等啦！」

龍鱗銀端著豐盛的早餐興高采烈地向著餐桌奔去，韓宇庭則是躲在廚房門口後面偷偷觀察。

一名穿著華貴的紫色大衣的中年婦人端坐在餐桌上的正首位，似乎對於龍鱗銀的行動感到有些不耐，「怎麼這麼慢？」

「哈、哈，媽媽，今、今天的雞蛋稍微比較生，要煎熟需要花長一點的時間，您就別計較了。」龍鱗銀冷汗直流地陪笑道，說完把盛裝早餐的盤子分別擺在每個人的位置上。

龍翼藍和龍羽黑分別坐在紫衣婦人的兩旁，看他們兩人的臉色，好像一點也不比龍鱗銀輕鬆，她肯定擁有讓龍家上下全都不敢忤逆的威嚴，但趁著婦人和龍鱗銀說話的同時，龍羽黑還是轉過頭去偷偷地打了一個大大的哈欠。

「坐沒坐相，我以前是怎麼教你們的？」

一聲呵叱，龍羽黑立刻併攏雙腳，龍翼藍也迅速挺直了背脊，兩人都是全神貫注絲毫不敢有所怠慢，深怕挨罵的樣子，紫衣婦人這才露出稍微滿意的神情，微微頷首說道：「開動吧。」

一個口令，一個動作，龍翼藍和龍羽黑隨即拿起餐具開始用餐。而龍鱗銀，則是一臉忐忑惶恐的樣子，好像在等待紫衣婦人對菜餚發表評論。

「那個……媽媽，您覺得怎麼樣？」

簡直小心翼翼過了頭。

「哼！」紫衣婦人輕嗤了一聲，「妳想聽我的看法嗎？那我就直說了，躲在廚房裡頭的傢伙，現在可以出來了吧！」

這下子，不但龍鱗銀聞言悚然豎起了寒毛，就連龍翼藍和龍羽黑也是一副大吃一驚的表情，龍羽黑張開嘴巴無聲地念著「露餡了」、「完蛋了」、「要被吃掉了」……之類讓韓宇庭心驚肉跳的字句。

「出來吧，少年，我不會對你怎麼樣的。」

韓宇庭抬起目光，看見龍鱗銀投來一道淒然的眼神。

瞞不住啦！

龍鱗銀悄悄地舉起手，在自己的脖子上劃了一劃，因此韓宇庭只好硬著頭皮，戰戰兢兢地走到紫衣婦女面前。

「早、早安……」

對方可是一道眼神就能震住龍鱗銀這隻潑猴的如來佛啊！不知道等待自己的會是怎樣恐怖的下場，韓宇庭擔憂得好像有一隻野貓在胃裡頭不斷翻滾，手指、腳趾不斷扭動。

「不必拘謹，請過來這裡就座。」

出乎意料地，婦人對於露面的韓宇庭倒是相當客氣。

「你一定就是他們口中的鄰居韓宇庭了，這段日子以來，我家的孩子多虧你的照顧，我在此感謝。」

「您、您不必如此客氣。」

「這些讚賞是你應得的。」紫衣婦人四平八穩地說道，「你可以稱呼我為紫晴。我是他們的母親。」

紫晴？這個名字與銀鱗好像，但是與龍鱗銀的命名規則又不一樣。

韓宇庭仔細觀察著紫晴的外貌與神態，龍家三姐弟妹的母親散發著一股渾然天生的尊貴氣質，優雅的舉止儀態，彷佛是出巡的皇室或者貴族。

就像龍鱗銀等人變身成人類時的模樣，乍看之下，紫晴的外表也是天衣無縫，跟生活在這個世界上的人類沒有什麼區別，但有一個與她的小孩最大的不同之處，那就是紫晴身上所散發出來的氣息……

即使是性格溫和的龍翼藍，也能隱隱約約感覺得到的某種隱藏在平凡外表底下的「深不可測的特質」，在紫晴的身上卻完全感受不到，猶如真正的人類。

到底是缺少了什麼呢？韓宇庭不斷絞盡腦汁地探究著。

啊，是龍威！

紫晴的身上並未傳來龍族特有的那股壓迫感……不，雖說也是十分具有魄力，但那多半是由於她的性格，而不是其存在本身，說起來，龍鱗銀曾經說過龍威乃是龍族與生俱來的特質，為什麼紫晴會沒有龍威呢？

韓宇庭想著想著便微微出了神，紫晴這時彷彿看穿了韓宇庭般地說道：「韓宇庭，你在想些什麼呢？」

「啊！沒、沒有。」韓宇庭從沉思裡頭瞬間拉回意識，趕緊搖搖手，接著深深地吸了一口氣，「說來有點慚愧，但我從來沒聽鱗銀小姐他們說過雙親……也就是您的事情。」

紫晴淡淡地朝著龍鱗銀等人瞥了一眼，當她視線掃過，龍鱗銀等三人立刻惶恐不安地顫抖了起來。

「嗯，這些孩子沒向我報備就自己前來人類世界，莫非是已經玩瘋了是吧？」

「這……應該沒有這種事，鱗銀小姐跟翼藍先生都有在踏實地工作，而龍同學……啊，我是說羽黑同學也是很認真地在上學。」韓宇庭盡其所能地替三個人多講一點好話，龍鱗銀和龍羽黑同時向他投來無比感激的目光。

「呵，你以為我不知道他們這些傢伙有多麼調皮搗蛋嗎？」

「不，我想您誤會了，他們都是很乖的……對、對了，紫晴女士，請問您這趟來人類世界是做什麼呢？」

「是，是呀，媽媽，您……怎麼會突然心血來潮離開原本的住處呢？」龍鱗銀也滿臉堆笑，虛偽地問道。

「你問到重點了，很好。」紫晴大方地從大衣口袋中掏出一份信封，說道：「前一陣子我收到了這個。」

龍家三姐弟妹一齊睜大了雙眼，難以置信地看著母親手上的那封信件，不由得驚呼連連。

「雲景高中家長座談會的通知單？」龍鱗銀說。

「居然寄到那種地方去了？」龍翼藍說。

「怎麼會？」龍羽黑大呼小叫地說。

「那個傳說果然是真的……學校的通知單和成績單到最後一定都會送到家長的手上去。」

韓宇庭敬畏地說道。

的確是不可質疑的傳說啊！

「你們蹺家以後，完全不知道你們野到哪兒去了，我差點沒把魔法世界給翻了過來，沒想到居然是跑來人類世界。」

「嗚……」

龍鱗銀和龍翼藍同時發出像做錯事了的小狗般悽慘地呻吟，不過紫睛並沒有理會他們，自顧自地說了下去，「這封信上面的寄件人寫著學校，學校究竟是什麼？」

「咦？」韓宇庭愣了一下，「您不知道學校嗎？」

紫睛搖了搖頭。

「不必感到驚訝，韓宇庭，因為在魔法世界裡頭並沒有學校這種東西。」

韓宇庭轉過頭去望著細細為他解說的龍鱗銀。

「只有你們人類才會設計出這麼多有意思的教育制度，雖然各個智慧種族都有他們傳承種族知識與訓練成員技能的方法或場地，但沒有一個種族像你們人類一樣，大規模地將未成年人聚集在一起，形成一個井然有序的小社會，而且學校還肩負著研究知識學問，讓人們思考的環境。」

「透過人類的『學校』，確實可以讓智慧種族們學到很多，畢竟在魔法世界中完全找不到

類似的東西。」龍翼藍也點頭附和著說

「所以，你們才那麼堅持要讓龍同學上學嗎？」現在韓宇庭稍稍微感到瞭解了。

「我覺得很有意思，居然會在龍穴裡頭收到這封信……因此我就決定趁著這個機會來人類世界好好看一看。」紫睛揮著信件說道。

「說到家長座談會……那不就是今天嗎？」

「喔，是嗎？看來我來得可正是時候啊！」

「哎唷，慘了啦，都這個時間了，動作再不快一點就要遲到了。」龍羽黑望著牆上的時鐘，匆匆忙忙地站起身。

「嗯？這麼慌慌張張地做什麼？」在紫睛突如其來的訓斥之下，龍羽黑僵在原地宛如泥塑木雕，「一點也不從容，實在太不像話了。」

「可、可是……」

「媽媽，請您別怪小黑，這是因為……呃，人類世界裡頭的學生一定得在規定的時間以上到達學校，否則就會受到懲罰。」

「居然有這種事……嗯，我都忘了這裡是壽命短暫的種族們所居住的世界，為了馬上就要到來的時限而表現出這麼匆促的模樣，是擁有無限壽命的龍族難以理解的，不過，既然是學校的規定，那麼我們就按照規定去做吧。」

聽到母親這麼一說，龍家的三名子女才能露出鬆了一口氣的表情。

「餐盤就讓我來收吧，我上班的時間比較晚，時間比較充裕，羽黑，妳要上學的用具都準備好了嗎？」

黑髮少女神色悽慘地搖了搖頭，結果又被紫睛瞪了一眼，嚇得她臉色發白。

「我、我已經準備齊全了，我可以幫忙龍同學。」

「嗚，韓宇庭，拜託你了。那麼藍哥，我上去囉！」

龍羽黑幾乎是想要馬上逃離紫睛充滿壓迫力的視線，抓著韓宇庭的手臂匆匆奔上了二樓。

龍翼藍也沒閒著，麻利地收拾好桌上的餐具，然後快步走進廚房。

「欸，等等！」

忽然察覺到龍翼藍此舉真正用途的龍鱗銀慌忙舉起手，可惜已經慢了一步，這下子不管是龍翼藍還是龍羽黑都有了一個正當的藉口可以離開現場，等於是只剩下龍鱗銀自己一個人要和紫睛作伴。

「妳過來這裡，坐下。」

「……是。」

龍鱗銀一副完全死心的表情，坐到了紫晴身旁。

「嗯～我的書包到哪裡去了？我的制服到哪裡去了？」

房間裡，龍羽黑慌慌亂亂地翻遍了衣櫃、收納箱、棉被，甚至書櫃底下……她怎麼會認為櫃子下面會有一個把她的東西通通吸走的異空間呢？然而從地板上爬起來的黑髮少女，臉上露出了十分失望的神情。

「找不到啦，怎麼辦，韓宇庭？」

「這、這個，就算妳這麼問我，我也不知道啊！」韓宇庭苦著一張臉，無奈地對著黑髮少女聳了聳肩，「不過龍同學妳怎麼會連自己平常要用的東西擺在哪裡都不曉得啊？」

「平、平常我們家大大小小的事情都是藍哥打點的，可是自從媽媽來了以後藍哥就很忙，媽媽抓著他老是在問東問西的。」

韓宇庭環視四周，比起上一次來的時候所見的乾淨整齊樣貌，眼前的場景可說是有著天壤之別，簡直就像是經過一百架戰機瘋狂轟炸後的壕溝一樣慘烈，不但垃圾桶溢滿出來的衛生紙不忍卒睹、架子上的擺設東倒西歪，甚至就連地面上也都因為被散亂的衣物和書本所鋪滿而找不到一絲縫隙。

「到底是做了什麼事情才能把房間弄得那麼亂啊?」

「沒、沒有啊，就只是很普通地在使用著罷了。」龍羽黑的臉頰紅了起來。

看來不只是龍鱗銀，就連龍羽黑也是沒有龍翼藍就生存不下去的樣子，韓宇庭再次體認到龍家的長子乃是這個家庭不可或缺的支柱。

「這是妳的生活環境耶，難道妳都不會看不過去嗎?」

「也、也不是這麼說啦，只是如果藍哥沒有催促我，我……嗯，我就會稍稍微鬆懈一點，不過我到了最後還是會一口氣把它整理乾淨的。」

「原來都到了這種程度了妳還能夠容忍啊?」韓宇庭簡直快昏過去了，「你們家現在的家事是誰在負責?」

「媽媽說讓銀姐來做。」

「鱗銀小姐，她會做家事嗎?」一想到龍鱗銀過去「豐功偉業」之多，不可勝數，韓宇庭發出了嘿嘿幾聲乾笑，「我看妳只能自求多福了。」

「少說風涼話啦，韓宇庭。」龍羽黑不悅地嘟起嘴，「銀姐也已經很拚命了啦，嗚!雖、雖然說做得有點亂七八糟，可是她的壓力那麼大，我們也總不好意思再強求什麼吧?」

「好啦，我知道了。」

「你才不知道咧！你能想像嗎？昨天媽媽對我穿的衣服超有意見，足足念了我一個小時，結果銀姐只好再想辦法去幫我找了一堆新的衣服，一直換穿到半夜才讓媽媽滿意，實在苦不堪言啊！」龍羽黑崩潰地說道，「我昨天晚上穿的是上次跟你出去時買的衣服啊。」

「嗚！真是對不起，還害到了妳。」韓宇庭抱歉地說道。

「就連藍哥她也有辦法找出毛病挑剔，所以藍哥也快受不了了。呃啊～真是雞犬不寧啊！」

黑髮少女抱著腦袋頭痛地說道。

「居然連那位翼藍先生也……」

龍羽黑嘆了口氣，「話說回來，我們兩個再慘也慘不過銀姐，所以也只好認分一點了。」

「因為鱗銀小姐的生活是最不好的吧！」

「不，變成人類型態以後的私事跟那件事無關。」龍羽黑說道，「只是媽媽以前就跟銀姐不太處得來，我想這陣子銀姐恐怕並不好過喔。」

「咦？有這種事？」

「銀姐非常重視家人，可是媽媽好像是龍族裡頭十分偉大的人物，從我還小的時候，她就經常不在家，但是銀姐跟藍哥都會來陪我，有時候我看見銀姐會跟媽媽吵架。」

「那個鱗銀小姐，跟紫晴女士吵架？」韓宇庭想到銀髮女子在母親前的頭根本是連抬都抬不起來，很難想像兩人要如何針鋒相對。

「我們過去是住在魔法世界裡頭，當然是用龍的樣子吵架。」

「原來如此。」

「有的時候她們會關於爭執藍哥的事情，有的時候……我記得最近的一次，銀姐指著我，跟媽媽鬧得不可開交。」

「咦，為了妳？」

「嗯，那是為了什麼呢？」龍羽黑稍微抬起頭，注視著什麼也沒有的半空中，似乎非常努力地追溯著自己的記憶，「好像是媽媽囑咐我去做的某件事，那是一條非常黑暗的走廊，然後……走廊的盡頭……走廊的盡頭有……有什麼呢……啊！」

龍羽黑像是恍然大悟般地叫了一聲。

「怎、怎麼了，想起來了嗎？」

「我忘了。」龍羽黑搖搖頭。

韓宇庭差點沒因為這意料之外的反應而跌倒在地。

「妳記不得了？」

「嗯……畢竟我那時候年紀還小嘛！」龍羽黑不以為意地說道，接著突然掩口，「糟糕了，我們怎麼聊了那麼久，現在都什麼時候啦？」

「天啊！不知不覺就已經過去十分鐘了。」韓宇庭望著牆壁上的掛鐘，同樣感到腳底發涼。

「韓宇庭，如果我們遲到的話，那都是你的錯！」

「咦咦？」

韓宇庭驚訝地大叫，但即使想要辯駁，卻也在龍羽黑那張焦急的面孔前心軟了下來，而且話題終究是自己先提起的，只好說道：「總而言之，我也來幫忙找找看吧。」

眼看著龍羽黑還在像福爾摩斯一樣搜索著鋪滿在地上的衣物，可是找了好久卻依舊徒勞無功，韓宇庭決定直搗黃龍向衣櫃一探究竟，然而一打開衣櫃的門——

「嗚哇！」

眼前霎時一黑，排山倒海的衣服傾瀉下來，直接把他淹沒。

「發生什麼事啦！」龍羽黑驚訝地大喊。

韓宇庭沒有辦法回應，一下子被重重的衣物給壓到了最底層，他拚命地在衣服的海洋裡面游泳，在此刻根本是分不清天南地北的狀況下，最優先的事情竟然是先想辦法換氣！

可是到底是為什麼一個不過二公尺高一公尺寬的衣櫃竟然能夠釀成這足以媲美喜瑪拉雅山雪崩的巨大災害呢？

這只能夠有一個足以解釋的理由。

「別把空間魔法用在這種毫無意義的地方上啊，鱗銀小姐！」

韓宇庭費了好大的工夫才從衣山衣海裡頭鑽出頭來，呃呃，剛才差點就因為不能呼吸而窒息了，這些衣服的量多到可以把人淹死。

「鱗銀小姐居然連摺都沒有摺，就把衣服通通往櫃子裡面塞，真是太可惡了，哪有人是這樣做家事的啊？」總是把自己的東西整理得很整齊的韓宇庭發出了怒吼。

回頭一瞧，龍羽黑也被衣服的洪流沖到了房間的角落。

「啊啊，房間又被你弄得更亂了，韓宇庭。」

「不是我的錯啊！要怪應該要怪鱗銀小姐才對吧？」韓宇庭大聲喊冤。

「你們兩個都一樣可惡！」

「真是……我覺得自己很無辜啊……啊！等一下，我找到妳的制服了，龍同學。」

韓宇庭奮力游過衣服的海洋，總算把制服交到龍羽黑的手上。

「快點拿過來！」龍羽黑喜出望外地喊道。

「我、我先換制服，你再找找看我的書包在哪裡。」

韓宇庭拚命把滿坑滿谷的衣服給捧起來，馬不停蹄地往漆黑的衣櫃裡頭塞去，而衣櫃也像個襯職的黑洞般，不停地把衣物給吞下肚，讓韓宇庭覺得這樣的魔法真是既方便又可怕。但不這麼做的話，恐怕他就連移動腳步的空間也會沒有。

「找、找到了！」

韓宇庭的手指在一團混亂中碰觸到了某條帶子，用力一提，終於讓龍羽黑的書包重見天日。

「龍同學，我找到了！」

韓宇庭高興地轉過頭，可是卻看見——

「嗚、嗚哇！」

眼前是龍羽黑正脫下便服，準備將制服套到身上的情境，此時少女的身上只有穿著內衣，光滑的後背映入了韓宇庭的眼簾，突如其來的場景令他瞬間全身僵硬。

聽見了韓宇庭的驚叫聲而轉過頭來的黑髮少女，露出了極其羞赧的表情。

「呀啊啊啊啊——」

這時候的龍羽黑犯下了另一個錯誤，那就是在萬分緊張之餘猛然轉過身，雖然這只是她在慌張中所做出的直覺反應，但是就在黑髮少女舉手、抱緊前胸、做出防禦自己身體的一連串動作之前，所有的一切早就在韓宇庭面前一覽無遺。

「大變態，你在做什麼？」

「我我我我我我不是故意的啊啊啊啊！」

一道黑影迅速地從地面上飛起，咕咚一聲撞上韓宇庭的下巴，韓宇庭哇啊一聲朝天後仰，看見黑髮少女的書包以及被龍羽黑拿來當作制裁韓宇庭的武器而踢過來的厚重字典，在視野裡頭的空中用力地翻轉起來。

「媽媽，妳不要這樣一直維持沉默好不好？會讓我覺得壓力很大耶。」

龍鱗銀冷汗直流地陪笑。

紫睛依然是看都不看龍鱗銀一眼，開口說道：「妳最好能夠給我一個值得接受的解釋。」

「咦？」

正低著頭看著自己摩擦著大腿的雙手的龍鱗銀發出了疑問的聲音，抬起頭來，紫睛轉過頭，直視銀髮女子的雙眼。

「為什麼要將尚未覺醒的審判者帶來這個世界，銀鱗，我可不記得九龍議會曾經批准妳的作為。」

「呃……」

這一瞬間，紫睛所散發出來的驚人氣勢，足以讓世間百獸萬物競相潰逃，這正是君臨於世間萬物種族頂點的存在方能擁有的力量——「龍威」。

饒是龍鱗銀，在那剎那間也只想要馬上轉身逃跑，但是她辦不到，龍威的力量將她的四肢牢牢釘在原地，任何有知覺的生物都無法不臣服於龍族的力量。

想要抵抗龍威，也就只有一種生命體能夠辦到，那就是龍。

龍鱗銀倏然轉換了神色，原本還殘留在她臉上的畏怯、迷惘……以及種種七情六欲悉數隱埋化入身體的深處，她體內的人格正在轉變，呼喚出「銀鱗」的本質人格。

「我的行為……並不需要議會的批准，除了……履行議會本身的職責，議會並無干涉九龍個別行動的權力……更何況，這件事情也是黑龍自己的意願。」龍鱗銀……不對，此刻這神態、語氣皆已改變的，已經是巨龍銀鱗。

紫睛微微挑一挑眉。

銀鱗粗嗄著聲音，抵抗著熾盛的龍威，吃力地開口，「在上一次的……九龍會議之中，尚未完成交替的……『黑龍』便已明確地表示，希望能以更適切的姿態……對世界進行審斷……我只不過是……遵循牠的……」

「確實，黑龍是曾說過這樣的話語，牠是九龍之中最特殊的一條龍，背負著極其重要的職責，只不過，將尚未覺醒的黑龍的重要繼承者帶到這個陌生的世界，妳真的認為自己的行動契合黑龍原本的意思嗎？」

「我……我當然是如此堅信。」

「藍翼也贊同妳的行為嗎？」

「牠……」銀鱗遲疑了一下，「不，這都是我的……決定，藍翼只是……協助……」

「妳的獨斷獨行為我們帶來很大的困擾。」紫睛瞇起雙眼，漠然地說道：「但依據九龍的律法，我必須尊重妳的判斷，儘管我並不認同。」

「母親……」

「不要忘記了，銀鱗，雖然妳是我的女兒，然而妳也同樣是九龍，不要忘記對整體龍族擔負的職責。」紫睛嚴厲地說道。

「……是的，紫睛大人。」銀鱗垂下了視線，恭敬地回答道。

「瞧瞧妳這副狼狽的模樣，為何不恢復龍型，而是硬要承受我的龍威呢？」

紫睛放鬆了龍威的力量，龍鱗銀就像被溺水的人撈上岸一般大口地喘著氣。

「儘管我們同為九龍，但年輕的妳還無法如我一般，無論在何種型態下皆能完整維持自己的本質。當妳化為人型之時，無法承載龍族無限的力量與智慧，得到的只是一副充滿缺陷的身體。而我始終不能理解，為何妳和藍翼偏偏要捨棄較為高等的龍型，堅持以下等種族的模樣行動。」

紫晴的話語中顯示了滿滿的疑惑與不耐，可是銀鱗卻沒有回答。

「算了，反正我想妳也是不會開口的吧！」紫晴挪開了視線，從容不迫地站起身，「總之，稍微休息過後就去準備吧！」

「嗄？」

「去看看羽黑的『學校』是什麼樣子，妳私自將黑龍帶至人類世界，就是為了讓她上學對吧？我很好奇這個被人類所發明出來，在妳口中無比讚頌之處，究竟是不是真的如此厲害。妳將她帶至人類世界一事，我暫且不予追究，留待之後用我的雙眼來判斷妳的決定是否有價值。」

紫晴留下了這番話，姿態高雅地離開了餐廳，垂著頭留在原地恢復著元氣的銀鱗不發一語。

閉上雙眼，當「銀鱗」的人格從身體裡頭逐漸褪去，她臉上的氣色也慢慢潤澤過來。

在閉目的過程中，她讓亮銀的長髮隨意地披散，身體則是一動也不動，時間彷彿因此緩慢。

「銀鱗？」從廚房裡頭走出來的龍翼藍看見了銀髮女子的樣子，驚訝地呼喚出聲。

「不，是龍鱗銀。」

「姐姐……嗯！這個感覺是……龍威？」龍翼藍趕快來到龍鱗銀身旁，握住了她冰冷的手，心疼地在她肩膀按摩著。

「天啊！妳怎麼會想要用這副姿態跟母親對抗？唉，把羽黑帶出來的這件事明明我也有分，妳不需要全都一肩扛起來吧！」

「你在說什麼傻話，哪有當姐姐的人會把責任拚命往弟弟的身上推的？」

龍翼藍臉上的表情彷彿不太贊同。龍鱗銀撥開前額的頭髮，露出一貫倔強又無謂的臉孔。

「乳臭未乾的弟弟還是多依賴姐姐一點吧！我不會讓你輕易恢復回藍翼，每當你回想起那件事，你臉上的表情就會令我感到痛楚。龍族是沒有辦法得到遺忘之祝福的種族，所以刻劃在你心裡面的深深傷痕才會永遠都沒有辦法癒合。」

「我才沒有那麼軟弱。」龍翼藍不悅地說道。

「哎唷！好大的膽子，居然學會頂嘴？」龍鱗銀彷彿像要發洩般地用力捏著藍髮男子的手心，龍翼藍雖然吃痛卻連悶哼都不發一聲，這副模樣讓龍鱗銀的臉上泛起了稍稍微的溫暖。

龍鱗銀鬆開手勁，輕輕地把臉頰貼上龍翼藍的手，微微撇過了頭，讓細長的銀色髮絲將自己臉上的情感遮住看不見。

「小黑的封印快破裂了，想要修補變得越來越困難，我擔心再過不久，就會無法阻止她的覺醒。」

「到時候再說吧。」龍翼藍漫不經心地搖搖頭，「如果註定是避免不了的命運，那我們一起面對不就得了。」

「小黑還這麼小，為什麼就必須擔負起這樣的義務呢？」龍鱗銀埋在弟弟的手臂與頭髮間的臉龐傳出消沉的聲音，「如果……如果我能夠再強大一點，或許就能保護你……還有小黑，我們就不必面對那讓人生厭的職責，安安穩穩地過我們的日子。」

「不要這樣麼說，妳為我們做的事情已經夠多了。」

龍翼藍用著空出來的一隻手，輕柔地在龍鱗銀的頭頂上撫弄。

「母親，貫徹著龍族理性的您永遠都不會了解，雖然變成下等種族的型態會有諸多不便，但是我們卻也因此而更能夠品嚐到生命的酸甜苦辣，得到那即使是高貴如龍也永遠追求不了的珍貴寶物——人性。」

八、智慧種族中的貴族

好不容易終於等到龍羽黑準備好，而韓宇庭也匆匆回家一趟拿了自己的書包，眾人集合在龍家的門口。

「嗨，妳們早，既然今天學校有活動，我想不如就大家一起出門吧。」

「韓太太早。」

「韓媽媽早安。」

龍鱗銀輕輕對著媽媽招手，而龍羽黑則是十分有禮貌地鞠躬打招呼。

「哎呀，羽黑還是一樣有禮貌，不像我們家韓宇庭，剛剛一回到家也不會跟我打招呼。」

「別說了……」韓宇庭捂著發腫的下巴，一臉鬱悶地說道。

「怎麼了嗎？」

「沒事……」韓宇庭無奈地望著強硬地別過了頭，彷彿在強烈宣告「我現在不想跟你說話」的龍羽黑，而在一旁把這一切盡收眼底的龍鱗銀，雖然不知道其中的原因，可是還是露出了一副幸災樂禍的壞笑表情。

「現在在等什麼呢？」媽媽疑惑地對著看起來沒有一絲動作模樣的兩姐妹問道。

「等我們的母親。她可能還在屋子裡頭休息吧！」坐在門口階梯上的龍鱗銀收起了對韓宇庭的嘲笑，撐著兩頰，愁眉苦臉地說道，「她才剛從魔法世界裡頭過來。」

「所以意思是有時差嗎？」韓宇庭絞盡腦汁，依然無法想像兩個世界的時差到底是怎麼樣子的概念。

「不是，只是我們這個種族比較沒有時間概念。」龍鱗銀搔搔臉頰，不好意思地說道。

「……畢竟是長命百歲的龍啊！」

韓媽媽嘖嘖兩聲，「不能請她快一點嗎？」

「呃……我們母親是一位我行我素的人。」龍鱗銀為難地說道。

韓宇庭噗哧一笑，因為他從未想過龍鱗銀居然也會用「我行我素」這四個字來形容別人。

「我們家有一輛車，可是要同時乘坐五個人就有些太擁擠了。」媽媽煩惱地敲敲手背。

「這點請您不必擔心。」

「唉，好吧！不如我進去看看妳們母親準備好了沒有。」說完媽媽便走進了龍家的房屋。

黑髮少女看起來因為快要趕不上時間而格外地煩躁，在門口不停跺著腳。

「欸！小黑，不要這麼毛毛躁躁的，小心媽媽待會看見又要念人了。」

「哇啊啊啊啊！媽媽不要罵我！」

龍羽黑嚇得跳了起來，緊張地左顧右盼，不過紫晴依然沒有出現在門口，發覺自己不會挨罵的龍羽黑大大地喘了一口氣。

「討厭啦，銀姐妳不要嚇我，我才不是在煩躁呢……我只是……哎唷！」

「妳看妳，果然是在煩躁吧！」

「藍哥真好，至少一整個白天都不必聽媽媽的碎碎念，我真羨慕藍哥，我真想快快長大。」

「是齁？我已經認真在考慮找工作的事情了。」曾經立定過「要讓弟弟養一輩子」這樣遠大（？）志向的龍鱗銀雙手抱胸，居然也好像真的很認真似地在考慮起來了。

「不要啊，銀姐，連妳也離家的話，那誰要來看管媽媽呀？」

「媽媽是要用來看管的嗎？哎唷，不要把這麼可怕的任務丟到我身上啦！我寧願到處做苦工，也不願意聽她在我耳邊念東念西個沒完啊！」

看起來即使是號稱無所不能的龍族，也對自己的母親感到束手無策。

「先不提這個了，銀姐，我們人數這麼多，等一下要怎麼去學校啊？」

「吶，這點妳不必擔心。」龍鱗銀拍了拍胸脯，「妳以為我什麼都沒想到嗎？妳的銀姐做事一定是有十二萬分的準備。」

龍羽黑狐疑地望著她。

「不信妳看！」

龍羽黑順著姐姐手指的方向，驚訝地看見一臺黑頭車正轉進巷子口，筆直地朝著這裡一路駛來。

「公車又慢又不舒服，我們家千嬌萬貴的小黑值得擁有更高級的待遇。」龍鱗銀臉上的神情得意洋洋，「事實上啊，經過昨天的旅程之後，我才發現原來禮車的舒適程度太令人難以忘懷了，所以我決定讓小黑每天都能夠用最奢侈的辦法上學。怎麼樣，現在妳知道姐姐我比韓宇庭有用太多了吧？」

「怎、怎麼又扯到我身上來了？雖然我的確不可能弄到一臺轎車啦……不過我也只是個普通高中生而已啊！」

豪華的禮車停在龍家的門口，有個男人從駕駛座上下了車。

「咦，是昨天的那位吸血鬼司機。」

吸血鬼司機臉上帶著非常不高興的神色，看來把車開到這種偏僻的地方並不屬於他原本的工作範圍。

「我今天本來可以好好休息的，卻因為德古拉大人的一通命令，被逼得要開著車橫越一整個市鎮來到這裡。」

「哦，是嗎，原來是我害你不能放假啊？真是為你感到遺憾。」龍鱗銀一點也不遺憾地說道，然後向著司機伸出了手。

「這是在幹什麼？」

「拿來吧！」

「拿、拿給妳什麼？」

「當然是車鑰匙啊！」

「妳想要開我的車？」司機一副聽見了某種荒謬至極的話語般瞪大了眼睛，接著做出了準備用生命保護鑰匙的姿態開始大喊，「不行，只有這個我絕不交給妳，這輛車跟了我那麼久，我們之間已經有了感情，她就跟我的女兒一樣。」

「這麼說來唯一的辦法就是讓你為我們開車囉！順帶一提，我們這裡的乘客總共是兩個人類跟三條龍。」

「……可惡，拿去吧！」司機咬牙切齒地捨棄了自己的女兒。

「很好，那現在你可以走了。」龍鱗銀接過鑰匙露出了滿意的神色，揮了揮手像是趕蒼蠅般地說。

「等等，那我該怎麼回去宅第啊？」

「咦，這個我怎麼知道，不然你就走路回去吧！」

「什麼？」司機驚訝得下巴都要掉下來了，「我可是開著車子過來的耶，妳竟然要我自己走路回去？」

「還是說你想要上車跟我們一起去小黑的學校？」

「我、我、我……我還是走路回去吧。」司機大哭著轉身跑得遠遠的去了。

「鱗銀小姐，妳實在好像惡霸喔。」韓宇庭望著司機淒涼的背影，不禁感到一陣同情。

「囉唆什麼，快點上車吧，我們先試開一下！」

龍鱗銀催促著把兩人趕上了禮車的後座，接著自己則坐上駕駛座，興高采烈地發動了車。

隨著屁股下方開始感受到了來自引擎的震動，韓宇庭忽然間想到了一件很重要的事。

「等等，鱗銀小姐，妳會開車嗎？」

在一旁原本一上車後就閉上雙眼開始假寐的龍羽黑，聽到韓宇庭的疑問之後，也在一瞬間恢復了清醒。

「銀、銀姐，妳沒問題吧？」

「當然沒問題啊，開車這種事應該很簡單，我已經看書學過了。」

「只、只有看書而已嗎？」

「不就是插個鑰匙，拉手煞車跟轉方向盤……嘰呀！」

「哇啊啊啊啊！」

砰！車子如脫韁野馬般猛然向後暴衝，撞上了龍家的圍牆。

「嗯？」

從屋子裡頭從容步出的紫睛和韓媽媽，面對著等候她們兩人的這幅場景，使得她們露出了不解的神色。

「哈……哈……哈……」倚在駕駛座外喘氣的龍鱗銀，顫抖著兩條不能站直的腿，露出虛弱的微笑，「媽媽您準備好了嗎，要是沒問題就上車吧！」

不只是開口的龍鱗銀，另外還有伏在車窗邊的韓宇庭跟龍羽黑，兩人都是經歷了一番惡戰般，彷彿隨時都要斷氣似地，表情充滿了疲憊，連話都只能斷斷續續地說。

「這個鐵箱子是什麼？」紫睛疑惑地問道。

「這是人類世界愛用的交通工具，名字叫做『汽車』，跑得比馬車還快，而且還很安全。」她說到安全兩個字的時候，龍羽黑忍不住呻吟出聲。「您可以放心乘坐。」

「汽車？」紫睛皺著眉頭，望著遍體鱗傷的車體，「它的樣子怎麼這麼奇怪，前後面都像是被人用鐵鎚打爛了，看起來皺巴巴的。」

「只、只是在馴服它的時候稍微留下了一點傷痕，您不必在意。」

「怎麼能夠不在意呢？」韓宇庭頭暈腦脹地說道，不過卻被龍鱗銀用身體掩蔽，狠狠地往他腦門上敲了他一記。

「乘坐這種像廢鐵的東西，真的安全嗎？」韓媽媽不安地問道。

「現在不是說這個的時候了，媽媽、韓太太，妳們趕快上車吧，再拖下去可就真的會遲到了喔。」龍鱗銀比了比韓媽媽手上的手錶說道。

紫晴點點頭，看來不管是遇上什麼危險她也不會感到在意的樣子，真是一條從容的龍，令韓宇庭十分羨慕。

眾人都就座定位，龍鱗銀發動鑰匙，禮車的引擎發出了一連串痛苦不堪的哀號，彷彿在說「不要再折磨我了」一般，載著他們踏上通往學校的路程。

雲景高中迎來了熱熱鬧鬧的星期一早晨。

平日在上學的時刻，學校周圍的路段就經常會被學生們擠得水洩不通，今天更是超越了以往的盛況，不管往哪個方向望去，四處都變得好似遊行、廟會一樣萬頭鑽動。為了要參加雲景高中所舉辦的「家長座談會」，學生們的家長偕同子女湧入校園，結果就在街上形成成了可怕的大堵塞。

雲景高中的「家長座談會」是這所學校在學年初期最重要的一項活動。或許在人類的學生眼裡，這種談話會只會讓他們覺得學校又在把他們當小孩子看待，可是對於智慧種族來說，卻是大大地受到歡迎。

會造成這種反差的原因，是因為從魔法世界中遷移過來的大量智慧種族對人類世界的升學與教育制度都很陌生。「學校」這種設施，在魔法世界之中極其罕見，就算少數的種族發展出了類似的組織，其規模也沒有辦法和人類世界中所存在者相提並論。

離鄉背井，來到異世界受教育的各種族年幼個體，還有他們的家人，難免因為複雜的環境而感到徬徨，為了消除他們的不安，大多數的智慧種族融合實驗校會在新學期的開始擇期舉辦講座或是茶會、靜態展覽，邀請學生的父母前來參加，希望從中建立良好的溝通管道。

就在這條街上，導護老師拿起揚聲器，拚命地揮動手上的指揮棒。

「請大家遵守秩序往前走，不要在路上逗留！」

聽起來聲嘶力竭，但是微弱的聲音只是淹沒在噪音的浪潮之中，得不到效果。

雖然說雲景高中已經有了數十年的舉辦類似活動的經驗，但是關於如何維持交通秩序這件事依然讓老師們一個頭兩個大，那是因為與種族性格單純的人類相比，智慧種族們可以說是各有各的脾氣。

做事總是慢吞吞的精靈族，時常在路上走一走就望著天空發呆；重視家族關係的矮人族，則根本不管學校通知書裡頭寫著「只需要一至兩名家長出席」的標語，非得要攜家帶眷前來不可。真該慶幸雲景高中裡頭沒有半人馬，否則要是這個體積龐大又脾氣暴躁的種族也加進來，場面必定更為混亂。

饒是如此，光是鬧哄哄的狗頭人、橫衝直撞的蜥蜴人，以及無論大人小孩總是充滿好奇心而喜歡到處亂「借」東西不還的半身人，也足以把街道的氣氛弄得好像是來野餐一樣混亂。

「麻煩前面的精靈家長快點前進，後面已經堵著了！啊啊，麻煩後面矮人族的家長不要整排橫越馬路！」

手持揚聲器的唐老師，嚷著幾乎已經快哭出來了的聲音，然而由於性格溫柔的她總是不敢對別人厲聲大吼，因此也無論再怎麼努力卻總是成效不彰。

「嗚哇！」

「嗄啊！」

在她面前，狗頭人發出沙啞叫聲；精靈依然故我，傻笑著望著天空中的浮雲；翼魔族瞪著站在路中央的妖狐族少女的美腿流出口水；感情超好的矮人族手牽著手占據了正向和對向得兩個車道；叭叭叭叭叭！汽車駕駛氣得瘋狂大按喇叭，卻沒注意到調皮的半身人正在車子後面畫起塗鴉創作……總而言之就是天下大亂。

種種不堪景象映入眼簾，「嗚嗚！都是人家不好，沒有能力管好交通秩序。」唐老師不禁垂頭喪氣起來。

「唐老師，這裡讓我來吧！」正當唐老師無計可施的時候，一名男子從她背後接過了揚聲器，拿到嘴邊用力大喊起來，「請各位家長同學遵守秩序，依照老師的指示迅速前進，不要擋住後面的人……」

難道這人是救世主嗎？唐老師驚訝地看著在他有條不紊的調度之下，眼前的亂象開始逐漸消失……

多虧了巫海生高明的指揮以及導護老師們的齊心協力，總算讓校門口的人潮開始慢吞吞地前進。

「咦，巫老師！太好了，多虧有你在，不然我還真不知道該怎麼辦才好。」

唐老師感激萬分地對巫老師連連鞠躬，反倒弄得巫老師很不自在。

「這也沒什麼啦，唐老師，平時也受了妳很多幫助，只是小小的報答。」

「不，巫老師你剛剛的表現實在超帥！」唐老師依舊難掩心中的興奮知情，「咦，對了，巫老師你身上為何有這麼多的傷口，究竟是發生了什麼事？」

「呃……這個……」全身裹滿繃帶，看起來活似個會走路的木乃伊的巫老師面對如此敏感的問題，也只好顧左右而言他地回答，「只是這次放假出門爬山時不小心摔傷了，沒什麼要緊的，唐老師，這件事還是等我們完成了交通控管的任務之後再聊吧！」

「好的，但是巫老師如果有什麼不舒服的地方要趕快告訴我唷！畢竟身體是最重要的了。」熱心的唐老師仍然不忘對著巫老師耳提面命，再三叮嚀，那模樣就好像姐姐正在照顧調皮搗蛋的弟弟，但是從身高上面來看，巫老師怎麼樣都不像是適合扮演弟弟的角色。

「我知道了，請妳不用這麼擔心我啦！」巫老師無奈地說道，礙於唐老師也是出自一番好意，他也不好意思抗拒，只能苦笑搖頭，但就在幾秒鐘後，巫老師睜大雙眼，困惑地左右張望起來，「唐老師，妳有沒有聽到什麼奇怪的聲音？」

「什麼奇怪的聲音？」

「就像是……跑車的引擎聲……轟隆隆的……」

轟隆隆～

「啊啊，就是這個聲音！」

轟隆隆～

凶悍的車吼聲變得越來越大了。

就在此時，長街的末端爆出一陣騷亂，巫老師及唐老師同時眨了眨眼睛，正想了解是發生了什麼事——

「哇呀呀呀呀！」

淒厲的尖叫聲刺進他們的耳膜。

引擎嘶嘯間夾雜著驚慌失措的哀鳴，一臺黑色大禮車從街道的末尾倏然出現，就像一股旋風狂飆而來，一路毫無減速地殺向了校門口，路上行人紛紛慘叫躲避。

「銀姐，剛剛那裡不是紅燈嗎，為什麼還要闖過來？呀啊啊啊，請大家快點逃命吧！」

「我減速了呀，誰知道這臺破車不聽我的命令而且還越跑越快啊？」

「鱗銀小姐，妳踩的不是煞車而是油門，喔喔喔我的天啊，老婆婆快閃開啊！」

「呃啊啊啊，你們這些愚民，趕快給本大爺讓開，被撞到可不負責啊！」

「嗚哇啊啊啊啊！」

現場簡直形成了各種慘叫聲的大合唱，大禮車長驅直入，在人群裡頭橫衝直撞，逼得不管是人類還是智慧種族個個抱頭鼠竄。

巫老師兩眼發直，透過前方的玻璃窗看見前座的駕駛。

「那不是銀龍嗎，她怎麼會在開車子？」

「咦，巫老師你說那是誰，等等……這臺車子是不是變得越來越大了？」

「不是變得越來越大，是它根本不知道要減速，我們要被撞上了！」

巫老師盯著車內乘客一時忘我，等到醒悟過來時想要閃躲也已經來不及了，他的臉色瞬間變得像紙一樣蒼白。由龍鱗銀駕駛的大禮車就像一頭黑色猛牛一般朝著他們直衝而來。

「哇啊啊啊啊巫老師、唐老師快躲開呀！」

叭叭叭叭叭叭──龍鱗銀瘋狂地按喇叭。

「嗄啊啊啊啊啊！」

「救命啊！」

唐老師尖叫著死命抱住巫老師，同時發出高八度的吶喊。

「等、等一下，妳這樣子我們兩個都逃不掉的，哇啊！」

但是身旁的這個女人早就聽不進去任何的話，巫老師被搖得頭暈目眩，乾脆認命地閉上了眼睛。

嘎──滋──

預想之中的劇烈衝擊並沒有真的發生，取而代之的是刺耳無比的輪胎摩擦聲，鑽進了他們的耳膜。巫老師睜開眼睛，發現巨大的黑色禮車猛烈打滑，接著就在自己身前不到三十公分的距離，停下。

韓宇庭、龍羽黑兩人連滾帶爬地從車上逃了下來。

紫睛和韓媽媽也下了車。紫睛的神情十分困惑。反倒是韓宇庭的媽媽，卻是莫名地興奮。

「好～刺激啊！簡直就像是在玩雲霄飛車一樣。」韓媽媽像小孩子一樣地手舞足蹈，「紫睛女士，妳說是不是？」

龍鱗銀也從容不迫地打開了駕駛座的車門，緩緩走到兩人面前。

「你們在做什麼啊，這樣子很危險耶！」

銀髮女子說得理直氣壯，一時居然教巫老師啞口無言。

「真是不像話，你們是老師吧，難道不能以身教告訴學生不要擋在車子前面嗎？」

龍鱗銀雙手扠腰，準備興師問罪，可是還沒有開口，身旁便馬上衝過來了好幾位人類、半人馬還有翼魔族的警察，二話不說就把龍鱗銀抓住。

「喂！你們要幹什麼啊？咦，為什麼要用手銬銬我？」

接下來是一大群各種族的民眾從後方湧上，七嘴八舌地數落龍鱗銀的罪狀。

「警察先生，就、就是這個人，用一百八十公里的速度在市區內飆車！」

「真是太過分了，明明紅燈了她還拚命加速，差點把一堆人撞死！」

「路邊的機車、腳踏車，還有小生意的攤子全都被她撞壞啦！」

「你們看，她居然連後照鏡都沒有翻出來！」

眾人你一言，我一語，每個人都露出了無比義憤填膺的模樣。

龍鱗銀雙手被反銬在背後，接著又被按在禮車的前蓋上，不過她自由的嘴巴依舊不停地破口大罵。

「等等，這是在迫害人權……呃不，是龍權吧，你們給我等著，我要叫警察……咦，不對，我要叫律師！」

警察們則是非常緊張地戒備著。

「妳最好乖乖合作，有很多人指證妳嚴重違反了交通安全法，我們要回警察局裡對妳進行審問——把她帶走！」

「喂喂喂！我是無辜的啊，你們怎麼可以這樣亂抓人？不管是律師、醫師還是老師都好，誰來救我啊！」

不管銀髮女子怎樣大喊跟掙扎，這些盡責的人民保母還是堅持不肯放過破壞交通安全的壞蛋，於是龍鱗銀就這樣被警察們給帶走了。

「怎、怎麼辦啊，銀姐被人抓走了耶！」

「妳放心吧，鱗銀小姐不會有事的，她一定很快就會被放回來了，別忘了她可是天不怕地不怕的巨龍啊！我想最需要擔心的反而是警察局吧，不知道會不會被噴火燒掉，鱗銀小姐一生氣起來可是什麼事情都做得出來喔。」

「嗚哇，這倒是很有可能。」龍羽黑捂著嘴巴說道。

韓宇庭一點也不為龍鱗銀擔心，相反地，眼下明明就還有其他更值得優先考慮的對象才對，例如說那些因為銀髮女子莽撞的開車技術而產生的受害者。

「老師，您沒有事情吧？」

韓宇庭來到呆站在車子面前的唐老師的面前關切地詢問，可是唐老師看起來失魂落魄，完全沒有反應，韓宇庭在她眼前揮了揮手。

「呼……呼……好可怕，我好像看見死去的爺爺在河對面向我招手。」

「那不是老師的爺爺啦，那是我的手。還有請老師千萬不要過河啊！」

「咦，咦，啊！原來是韓宇庭，呼呼，嚇了老師一跳。」

被韓宇庭這麼一問，唐老師才突然醒悟過來，撫著胸口，彷彿餘悸猶存地在原處不斷跺腳，

「剛才差點連魂都要飛掉了。」

而直到這時候，唐老師才發現自己一直緊緊貼著巫老師的手臂，她的臉頰立刻燒得跟烙鐵

一樣紅，慌忙把巫老師的手臂甩開。

「這這這這這，巫老師真是對不起，請你不要跟我計較，我剛才受到太多驚嚇了，才會一時做出這種失禮的舉動。」唐老師一邊大叫著一邊側過了身體，害臊萬分地捧住自己的臉頰。

「我才要請妳別跟我計較呢！」巫老師抓著頭尷尬地回應。

兩人各自站在一邊扭扭捏捏了許久，把兩名學生晾在一旁，同時也忘了要繼續招呼家長。

「老師！老師，你們還好嗎？」

「啊啊！我們沒事。」恢復清醒的唐老師就像要遮掩什麼虧心事般地拚命搖著手，一面發出難為情的乾笑。

「嗯，嗯！唐老師說得沒錯。」巫老師彷彿是要掩飾自己的失態般輕輕咳了幾聲，「閒話休提，韓宇庭你還沒向我們介紹呢，這兩位是……」

巫老師所指的是站在校門口底下的那兩位女士。在龍鱗銀製造出偌大騷動的同時，紫睛好像完全沒有受到混亂的影響，專注地和韓媽媽一起欣賞著高大的門樓，看起來一副游刃有餘的模樣。看完了校門之後，她又充滿好奇地觀察著校園內部的大樓與設施，除了建築物以外，由各式各樣的種族所組成的學生團隊似乎也深深引起了她的興趣。

「啊，這位是我媽媽，而這一位則是龍同學的母親。」韓宇庭簡單地為雙方介紹，「這位是我的導師唐老師，而這位則是教理化的巫老師。」

當韓宇庭介紹到自己母親的時候，唐老師的眼睛裡頭綻放出像是興奮的小兔子一般的光芒。

「哇啊！久仰大名，韓媽媽，我是您的粉絲喔！」

「真的嗎？沒想到居然會在這裡遇見我的書迷哩！」

一時忘形的韓媽媽居然還主動跑去握起唐老師的手，兩人興高采烈地攀談起來。

「嗯嗯……原來是龍羽黑同學的母親……咦咦咦咦？」本來還不以為意的巫老師，在閉上眼輕輕點了幾下頭之後，突然像是被電到一樣，睜大眼睛跳了起來，「你剛剛說什麼？」

巫老師一雙眼像是不知道什麼時候要閉起來似地對著紫睛猛瞧，接著趕快把韓宇庭拉到一邊，小小聲地問道：「韓宇庭，我剛剛有沒有聽錯？那位女士是、是……是龍的……龍的什麼？」

「老師，您沒聽錯。那是龍同學的媽媽，她叫做紫睛。」

「紫睛？」巫老師帶著不可置信的眼神望去，而紫睛則是優雅貴氣地回以一個注目禮。

「這是什麼世界啊，一頭龍、兩頭龍，三頭龍，現在居然還有第四頭！為什麼別的地方不去，通通都要擠在我的轄區呢？」

巫老師無比絕望地抓住了自己的頭髮，再這樣用力扯下去，韓宇庭開始擔心他不到中年就要開始禿頭了。可是另一方面，唐老師卻彷彿一點也不覺得紫睛有什麼可怕的地方，非常熱烈地上前招待著。

「啊，抱歉，遇上了我最崇拜的偶像，一時興奮過了頭，結果居然忘了招呼您，龍媽媽您好。」

「您好，小女受您照顧了。」

「哪裡的話，龍同學是一位乖巧可愛的好孩子。」唐老師笑咪咪地回應道。

看見唐老師能夠這麼自然地和龍談話，在她背後的巫老師不禁投來了讚嘆的眼神。大概是因為唐老師的心裡面總是對於學生一視同仁，從來沒有種族上的分別，也因此對於學生的家長能夠抱持著相同的尊敬，不會因為對方是龍而大驚小怪。

「今天能夠跟學生的家長見面實在太高興了。」唐老師向兩人做出了歡迎的手勢，「我們馬上就要進教室開始早上的班會和教學觀摩活動了，不過在此之前，讓我們為妳們先做一下簡單的校園導覽，兩位這邊請。」

唐老師熱情地邀請紫睛與韓媽媽往學校裡頭移動，而韓宇庭和龍羽黑則跟在後方，一同走入了校園。

「『學校』裡頭一直都是這麼多人的嗎？」

眼前的光景讓紫睛覺得很新鮮，甚至微微「唔」了一聲，對於舉止莊重沉穩的龍族來說，這樣的行為已經是最大限度地表現出了她的驚奇。

「一直都是這麼多人唷，您也覺得真的是很熱鬧對吧？」唐老師活力十足地回應道。

雖然校園內占地寬敞，但是四處都能夠看見學生成群結隊地走在校園中，看起來好像再大的校地也都不夠用了。學生們如果不是邊走邊聊天，就是坐在路邊的椅子上休息，或者把規矩拋到腦後乾脆就坐倒了欄杆之上，偶爾嘻嘻哈哈地追逐打鬧，而且看起來不管是什麼種族都能適應良好地相處在一塊。

「因為今天的活動緣故，校園裡頭的人數要比往常還要多一點點，但即使扣除了來訪的貴賓跟家長，雲景高中也是有好幾千名學生在學的大型學校。」

「這麼多又混雜著各種族的學生成員，彼此之間居然不會產生衝突，確實令人驚訝。」

「嗯，說老實話，一開始當然多多少少還是會有。但其實大家都是好孩子，只要跟他們好好地說明，彼此相互溝通理解，他們漸漸就能夠明白所有人都是一樣的。」

唐老師溫和地把視線投向來往的學生人群之中，「教育就是要讓他們明白更多更好的事物，而把這樣的道理傳達給學生，就是我們老師的職責。」

「我現在終於瞭解為什麼智慧種族們拚了命也想把小孩送到人類的學校念書了。」紫晴深有感觸地說道，「因為人類用的是最了不起的方式在教育下一代的成員。假如每一位老師都有著跟妳一樣的智慧，也難怪人類會成為這世上最強大的種族。」

「哈哈，您、您太過獎了。」唐老師不好意思地戳著兩手的食指，「我只是一個很普通的老師罷了，只不過因為自己只有愛護學生的這一點專長，所以在這方面格外努力。」

「妳不用這麼謙虛，妳的努力我們這些家長都看得出來。」韓媽媽也在一旁幫腔著說。

「羽黑，妳要向這位老師好好學習，知道了嗎？」

「知道了，媽媽。」

「是、是這樣嗎，哎呀哈哈！」被誇讚了以後的唐老師不好意思地撓撓頭，因為太過害羞而四肢僵硬得不聽使喚，連帶著走起路來也變成了同手同腳的機器人，「那、那我們接下來往這邊走，這裡是往我們教室的路。」

一行人在唐老師的帶領之下繼續前進。

「咦，那不是砲灰嗎？」

「唷，韓宇庭、龍羽黑！」站在自動販賣機前的砲灰朝著他們揮揮手，「你們來得正好，我幫我媽媽跑腿買個飲料，但是現在卻回不去了。」

「怎麼了，你在學校裡頭迷路了嗎？」唐老師疑惑地問道。

「才不是呢！老師，我的頭腦並沒有差到這種地步好嗎！」

「這可不一定。」

「韓宇庭，你不要取笑我，你的考試成績可沒有比我高多少喔！」

「嗚！不要在我媽媽面前提考試的事！」一談到成績，韓宇庭頓時顯得慌亂不已，「不然你倒是說說看，到底是怎麼了呀？」

砲灰無奈地手指前方，就在不遠處有一對女性正緩慢地穿越走廊。

「那不是黎雅心嗎？」韓宇庭一眼就認出了好友，然而重點卻是黎雅心攙扶著的那位女性。跟在她身旁的很顯然不是普通的人類，那位雖然上半身是人類，下半身卻是蛇形的軀體，沒有辦法快速地行走，而是必須扭動身軀來爬行。

「那是什麼種族？黎雅心同學怎麼會跟不曾出現在學校裡頭的智慧種族走在一起呢？」唐老師吃驚地摀起了嘴巴。

「半人半蛇，是十分罕見的拉彌亞族。」韓媽媽納悶地說道，「真是奇怪，拉彌亞族不常出現在人類世界，據說這個種族的智力不高，性格也偏向原始野蠻，所以才被認為是下等種族，很少人能夠通過次元海關。」

「……那位是黎雅心的媽媽。」韓宇庭吃力地說道，猶豫著要不要把好友的祕密給說出來，「其實，雅心她是一名半智慧種族。」

「你說什麼？難道她是拉彌亞族跟人類的混血嗎？」

面對巫老師的疑問，韓宇庭沉重地點了點頭。

「竟然是半智慧種族……」

意識到由唐老師所投射過來的疑問視線，對智慧種族的一切瞭若指掌的韓媽媽連忙為大家解釋。

「半智慧種族是非常辛苦的弱勢族群，他們多半不被人類社會所接納，也不見容於原生種族，簡直像是皮球一樣被兩邊踢來踢去……雖然最近社會大眾對他們的觀感有漸漸好轉了就是。」

「我在她的入學資料上面並沒有看到她提及這一點，難不成她想要在高中三年裡面隱瞞這件事嗎？」巫老師眉頭深鎖地思索著。

「這樣會很辛苦的吧！」

「我也沒聽雅心說過這件事。」唐老師搖了搖頭，「但不管怎麼樣，她都是我的學生，至少這點不會錯。」

身材嬌小，但卻特別關心學生的女老師挺直了胸膛，勇敢地大步走向前去，很快地被在走廊另一頭的黎雅心母女所注意到。

「啊，唐老師……妳好。」黎雅心彷彿鼓起了勇氣，指著身旁的拉彌亞族女性介紹道，「這位是……這位是我的媽媽。」

拉彌亞族女性對於忽然接近自己的人類似乎感到有些怯生。

「黎太太您好。」唐老師毫不猶豫地伸出手，並且露出友善的笑容，「我是雅心的導師，您家的雅心是個很活潑的好孩子。」

「您……您……好……」

唐老師的反應使得蛇人受寵若驚，驚訝的她在經過一陣短暫的遲疑之後，還是努力地伸出手來和唐老師握手。拉彌亞族的語言能力並不像人類那麼優秀，可是唐老師還是很有耐心地一字一字聽著她說完。

「黎媽媽您好，我是雅心的朋友，我叫做韓宇庭。」

「我是龍羽黑。」

對於一個一個湧到面前的學生，蛇人忙不迭地點頭，韓宇庭他們所不知道的是，即便只是以一般人的說話速度，對於拉彌亞族而言還是太快了，但是黎雅心的母親一聽見他們是女兒的朋友，始終很努力地把每一個字聽完。

「啊，黎媽媽，我也是雅心的朋友，您就叫我砲灰好了。」砲灰露出開朗的笑容，「在這裡向您打一個小報告，您家的雅心在學校常常欺負我……噗咕！」

話還沒說完，黎雅心便先憤憤地踩了砲灰一腳，「我哪時候欺負過你？少在那邊造謠，給我滾到一邊去！」

砲灰也非常配合地做出了誇張的動作，真的滾到了一旁，耍寶的行徑讓黎雅心的母親噗嗤一聲笑了起來，先前的緊張也緩和不少。

「您好啊，我是韓宇庭的媽媽。」

「您好，我是龍羽黑的母親，妳可以稱呼我為紫睛。既然我們都是一同來參加孩子的家長座談會，不如就一塊前往吧！」紫睛沉穩地說道，並且主動覽起了拉彌亞族的手臂。

這位拉彌亞族知不知道紫睛的真實身分呢？她恐怕從來也想像不到，此時此刻這世界上最強大的一條龍就站在自己身邊，不但沒有露出絲毫對於下等種族的輕慢，甚至還願意配合著她的步調放慢自己的腳步。

有了紫睛、韓媽媽和唐老師、巫老師在前方陪伴，黎雅心也不必再隨侍母親身邊，可以稍稍微喘一口氣，落到後面跟自己的朋友們說話。

「雅心，妳真厲害，多虧妳能說服妳媽媽來參加家長座談會啊！」韓宇庭佩服地說道。

「唉，實話實說，我也是拚命地鼓起了勇氣。也不知道會別人怎麼樣看待我們。」黎雅心所指的仍是低等種族與半智慧種族受到某些人另眼看待的事實。

在好友的面前，黎雅心不需要再做掩飾，從她垮下了肩膀的模樣看來，做出這樣的決定仍然令她承受了不少的壓力。

「還會怎麼樣看待呢，雅心，那些閒言閒語就不要放在心上了，不管妳做出什麼樣的選擇，我們永遠都會支持妳。」龍羽黑說道。

「是啊，雅心。」砲灰也點點頭贊同，「其實我根本想不到妳居然會是半智慧種族，這個該怎麼說呢，有點……有點……」

「嗯？」黎雅心敏感地挑了挑眉。

「有點酷！」砲灰吐了吐舌頭，「妳也能夠變身成像妳媽媽的模樣嗎？變給我看好不好？」

「我才不要！」黎雅心悍然拒絕，「第一，我沒有辦法自行製造變身所需要的魔力，第二，別把人家的變身當成玩具啦！」

「好嘛～真小氣！」砲灰摸摸鼻子說道，「怎麼樣，韓宇庭，你也很想看對吧？」

「嗯……嗯啊……」韓宇庭支支吾吾地回應。

「欸！你為什麼是那副表情？難、難不成你已經看過了嗎？」砲灰不可置信地來回望著兩名好友的神情，氣憤地大喊，「為什麼你們要排擠我？」

「沒、沒有要排擠你啦，哎唷！這件事情改天再說好不好？」黎雅心無可奈何地反喊回去。

「嗚嗚！先是半智慧種族的祕密，然後又是變身，妳、妳居然都把這麼重要的事情瞞著我，害我好難過喔，感覺把我當成外人。」

「好啦，對不起啦！過去是我不好，不過從現在開始我不會再刻意隱瞞我的種族了，我要以努力我的血統為傲。」心軟下來的黎雅心輕輕拍了拍砲灰的手臂，「我絕對沒有把你當成外人看待，好嗎？」

「對對對，我們不是外人，所以妳是我內人？」砲灰趁亂想要勾肩搭背。

「臭砲灰，少趁機占我的便宜！」黎雅心生氣地推開了砲灰，接著粉拳直揮，「虧我才剛剛被你說的話給小小感動到了咧，居然馬上就給我破壞氣氛！」

砲灰哈哈大笑地左閃右避，最後還是故意被黎雅心給抓了起來。

就在黎雅心揪住砲灰的脖子並且連續施予制裁的同時，她也轉過頭來對著龍羽黑問道：「話說回來，羽黑啊，那位紫睛女士剛剛說她是妳的母親，這是真的嗎？」

龍羽黑點點頭。

「嗚哇，那、那、那……她不也是一條龍嗎？」黎雅心驚訝地捂住了嘴巴，「沒想到偉大的龍族居然會願意紆尊降貴和我們拉彌亞族走在一起。」

「這又沒什麼。」龍羽黑不以為然地嘟起了嘴巴，「雖然我們這一族確實是有著比較強大的力量，但我並不覺得龍族就比其他種族更加偉大。」

龍羽黑的回答反而使黎雅心露出了微笑，「會說出這種話，真不愧是『智慧種族中的貴族』啊！」

韓宇庭則是說：「真希望讓鱗銀小姐也聽到這番話。」

眾人有說有笑地繼續前進，可是就在幾步路後，黎雅心忽然抓住了韓宇庭的手臂。

「怎麼了？」

「那群人是……」

位在前頭的拉彌亞族也忡忡佇立在原處，望著恰巧從一行人前面經過的吸血鬼族。

「德古拉先生？」巫老師率先喊出了前方之人的姓名。

被一大群吸血鬼給簇擁在中間的當然就是他們的族長德古拉，德古拉的神情好像一直在思索著什麼，看上去有些心不在焉。然而環繞著他周圍的吸血鬼小嘍囉們，卻每一個都活像出巡的凶神惡煞般，不分青紅皂白地對著路上經過的家長跟學生亂瞪。

看見他們這副模樣，身旁還帶著小孩的家長們只好趕快識趣地讓道，由此可知這些個「上族」平日的行徑是多麼囂張跋扈。

「啊，我都忘記了，德古拉是伊莉莎白同學的父親，所以他才會出現在這裡的吧！」

「我可是意外得很，他居然會來參加那隻吸血鬼的學校活動？」龍羽黑辛辣地說道。

「不管怎樣，人家就是來了啊！」

「雅心，不必擔心，這裡有我們在，他不敢對妳怎樣的。」龍羽黑抓著黎雅心的手說道。

「就是說啊！」砲灰也贊同般地挽起袖子，「雖然我不知道對方是誰啦，但是只要妳一句話，我跟韓宇庭就會衝上去打架。」

「不，那個，欸……好啦，要打就打吧！」韓宇庭望著砲灰跟自己手臂上的二頭肌差異，覺得有些喪氣。不過如果要他為了黎雅心而赴湯蹈火，他也絕對不會有一絲猶豫。

「噗，好了，你們別耍寶了，我不會要你們為我打架，何況你們根本就打不贏人家。」黎雅心揮了揮手，「我倒不是擔心我自己，我已經把吸血鬼的宅第裡頭的工作辭掉了，他沒辦法對我怎樣。我擔心的是我媽媽，她當年就是被德古拉趕到人類世界來的，所以她一直很害怕讓德古拉知道她還活著，畢竟當年驅趕媽媽她們來人類世界測試環境適應度的事對上族來說是一個醜聞。」

正如黎雅心所以說的，她的母親光是望見德古拉在場便開始裹足不前並且渾身發抖。

「怎麼了，為何不繼續往前呢？」紫睛問道。

「他……他……可怕……」黎雅心的母親慌亂地抓著自己的衣服，一副隨時想要轉身就逃的模樣。

「那些人是誰？」

「那群人是本市非常有名的吸血鬼族。」韓媽媽為紫晴說明道，「她們在雲景市裡頭頗有勢力，政商關係良好，算是智慧種族來到人類世界之後少數幾個適應成功的。」

「我、我很……怕……」

「黎媽媽，請您不要這樣，那只是學生家長而已，沒什麼好怕的。」唐老師並不清楚智慧種族過去之間有什麼樣的複雜糾葛，盡力安慰著黎雅心的母親。

但是蛇人族依舊不肯繼續向前走。

「我們繼續前進吧！」

「咦？」

眾人都詫異地望著發話的紫晴，紫晴面帶漠然的神情注視著前方，對拉彌亞族說道，「妳不需要擔心任何事情，沒有人會看不起妳，只管前進。」

說也奇怪，紫晴一開口，一股溫和的力量就透過她的話語傳達到了每一個人身上，不知為何，突然讓人再也不感到害怕了。黎雅心的母親茫然地點了點頭，似乎全心全意相信紫晴。

「真厲害。」龍羽黑低聲說道，「媽媽使用了龍威。」

「龍威？」韓宇庭驚訝地複誦道，在他印象中，龍威不是只能讓對方感到非常害怕嗎？

「是啊，龍威是龍本身存在的證明。因此它不只能恐嚇，也能鼓舞，龍是什麼屬性，那牠的龍威就是什麼屬性。媽媽的龍威非常特別，它能夠『消除』情緒上的偏見。恐懼也是一種偏見，它代表著一個人的心中對另一個人有著特別的評價。」

「所以她把我們心裡面對德古拉的恐懼給消除了嗎？」

「是啊，而且不只是這樣，你看她接下來要怎麼做吧！」

紫睛就這樣挽著黎雅心的母親，帶領眾人一步一步往前走，周圍的人看見有一群人毫不畏懼地走向吸血鬼，全都露出訝異的表情。

一直在低頭思考的德古拉好像也注意到了前方的異常，他抬起頭來，發現韓宇庭的存在，臉上露出有些複雜的神色，不知道他心裡在想些什麼。

「喂！你們在幹什麼？沒看到這條路我們家族長正要通過嗎？趕快給我讓路！」

圍繞在德古拉身邊的吸血鬼部下們立刻以非常沒有格調的姿態走上前來，打算進行恐嚇。

龍族一點也不把他們放在眼裡，甚至連眼皮也不抬。

「喂！我說你們啊……我說……咦，我要說什麼？」

前一秒間還在耀武揚威的吸血鬼們，在這一全秒都露出了迷迷糊糊的表情，面面相覷。他們不是看著自己的手掌，不然就是腳下或者是同伴的面孔，總之就是一副搞不懂自己在做些什麼的模樣。

「退下吧！」

紫睛輕聲簡單地命令著，面面相覷的吸血鬼族雖然不明就裡，卻本能地遵從了她的命令。

「妳看，沒事的。」

拉彌亞族彷彿在作夢般地看著四周圍的情景。

終於，她們經過了德古拉面前。

當紫睛發動龍威的時候，德古拉就像大夢初醒般地站在原地，眨了眨眼，接著望向站在自己面前的拉彌亞族，忽然間，他做了一件讓眾人都意想不到的事情。

他居然向蛇人女性點了點頭，表示敬意。

拉彌亞族睜大眼睛，不可置信地看著這一切。

原本高高在上的吸血鬼族族長，絲毫沒有在臉上顯露出任何傲慢，正當德古拉打算開口的時候，紫睛卻先一步說話了。

「我們走吧。」

「咦？」德古拉慌張不已，「請等一下……」

但是紫睛非常堅決地挪動她的腳步，彷彿把吸血鬼族族長當成了空氣一般的存在。德古拉的雙腳就好像釘在了地上一樣不能動彈，根本追不上去，只好洩氣地看著她們離開。

看到了這幅光景的韓宇庭忽然覺得他很可憐。

「雅心。」

「嗯？」

「妳還會對德古拉記恨嗎？」

黎雅心搖了搖頭。

當大人們距離得稍微遠了一點之後，韓宇庭他們來到德古拉面前，德古拉好像不太高興遇到他們。

「是韓宇庭啊，哼，居然讓你們看到我這副窘狀。」

「哇啊，大叔，你不要這麼凶嘛！我們又沒有對你怎樣。」砲灰不知天高地厚地說道。

「算了，我也不想跟你們這些小孩子計較，有失我的身分。」

德古拉別過頭，只用眼角餘光瞥著他們。

「韓宇庭。」

「呃，啊，是……」

冷不防被德古拉點到名的韓宇庭覺得有些意外。

「回答我的問題，剛剛那名女士是誰，為何她一經過我的身邊，我就感到心裡頭所有的雜念都消失了一樣？」

「那是我媽媽。」

「原來如此……我說，雲景市內到底有多少條龍啊？」

「就我們一家人而已，你不要那麼不耐煩，我都沒有嫌你們吸血鬼族的人多了。」

「哪能這樣比較？一條龍我就快惹不起了，何況妳媽媽看起來比妳姐姐更難應付。」德古拉不滿地說道。

「她的確是很難應付。」龍羽黑有些喪氣地說道，結果這樣的反應反而讓德古拉覺得很驚訝。

「你剛剛想對我媽媽說什麼？」

德古拉垂下視線，注意到短髮少女就站在自己眼前，黎雅心雙手扠腰，擺出一副興師問罪的姿態，雖然在吸血鬼族的族長之前，她的兩腿其實偷偷地在顫抖。

「妳是那個之前在我家工作的半拉彌亞族吧！我還記得妳的母親，當年我因為瞧不起你們拉彌亞族，所以把她跟很多她的族人扔到人類世界裡來，這段期間妳們一定吃了很多苦。」

黎雅心沒料到他會如此回答，吃驚地瞪大了眼睛。

「我打算彌補妳們。我個時間讓妳母親來我的宅第來工作吧，我會派人善待她的。」

「你、你在說什麼東西啊？」不知所措的黎雅心生氣地對著德古拉大喊：「夠了，不要再二度傷害我媽了。」

「妳誤會了，我並沒有這個意思。」

黎雅心深吸一口氣，可是這時龍羽黑卻阻止了她，「等一下吧，雅心，難道妳看不出來，德古拉已經改變了嗎？」

「咦？」

「是這樣的吧，德古拉先生？」

德古拉依然猶豫著。

黎雅心沉默了片刻，似乎深深地在煩惱，「那個……你會向我們道歉嗎？」

「咦？妳說什麼？」

「道歉。」黎雅心說道，「我跟我媽媽現在的日子雖然稱不上有多好，但也不至於不接受你的幫助就活不下去，經濟上的事我一定會想辦法。我不要你的施捨，也不要你覺得自己很偉大。雖然我剛剛看見你對我媽表示了敬意，但如果你真的認為自己過去做錯了事的話，你還欠我媽的應該是一份道歉。」

德古拉拉長了臉。

但是黎雅心並不想退縮，而韓宇庭跟砲灰，則是一齊站到了她的兩邊。

「妳……呃！」經過了一番精神上的角力，德古拉突然垮下了肩膀，「好吧，我向妳母親道歉。」

「什、什麼？」

「我向妳的母親道歉，這樣總可以了吧？」德古拉說得有點不耐煩，「居然要我這吸血鬼去向一個拉彌亞……唉，算了！我竟然又產生這種想法，也許正如那條龍所說的，吸血鬼根本沒有勝過別人的地方吧……」

「德古拉先生？」

「為何我就是不能除去那些心中的阻礙，誠摯地說聲抱歉呢？」德古拉懊惱地說道。

眾人都因為德古拉的轉變而意外不已，除了根本搞不清楚事態的砲灰。

「哎呀！大叔，我說啊，其實道歉也沒有什麼了不起的嘛！」砲灰一副很了解似地拍了拍德古拉的肩膀，在人家白色的西裝上留下髒兮兮的手印，「我也是一天到晚都在跟人道歉，可是當你道歉得多了，就會發現凡事就如浮雲一樣，過去就過去了嘛，我們要展望的是未來，不必老是向後看。」

「你該檢討的是為什麼你必須一天到晚向別人道歉吧？」韓宇庭麻辣地說道。

但是砲灰的話似乎讓德古拉覺得很受用。

「你說的很對啊，小兄弟。」

「不要聽他胡言亂語了。」就連黎雅心也是一副看不下去的表情，一把推開砲灰。

「算了，德古拉，我原諒你了。我相信你是真的產生了改變，關於我媽媽的事情，我晚一點會再讓她知道的，好嗎？」

「好。」德古拉點了點頭，「那麼，我接下來還要去跟我女兒碰面，就先失陪了。」

吸血鬼族長就此轉身離去，他居然還愉快地哼著歌……也許德古拉自己並沒有發覺，可是在他身上好像真的發生了某種奇妙的改變。

「他剛才是不是還提到了伊莉莎白同學？」

「他好像稍微變得……有人性了。」龍羽黑感觸良多地說道。

韓宇庭、龍羽黑和黎雅心像是深深地受到了啟發，一直望著遠處的德古拉的背影，心中各自有著不同的想法。

過了一陣子以後，始終冷眼旁觀三人的砲灰終於開口說了那麼一句話：「欸，我是不知道你們在這裡發呆做什麼啦，不過快打鐘了你們知道嗎？」

「咦？」

「嗯？」

「啊？」

就在三人倏然驚醒的那一剎那——

噹噹～噹噹～噹噹噹～

「啊啊！完蛋了，這下真的遲到啦！」

一陣悲鳴聲緊接在嘹亮鐘聲之後嘎然響徹了雲景高中的校園。

九、驚愕的消息

「呼……今天真是好累啊！」

龍羽黑推開杯子，轉頭凝望從門邊灑落下來的被切得四四方方的日光的圖形。幽靜的午後，室內飄餘著怡人的茶香。

「羽黑！」

一旦黑髮少女稍微鬆懈下來，打算把身體整個貼在桌子上的時候，充滿威嚴的聲音便會迅速在她腦後響起。

「妳什麼時候變得這麼不重視桌上禮儀了？居然如此坐沒坐相。」

「嗚、嗚哇，是的，媽媽！」

龍羽黑嚇得挺起胸膛。

「我下次不敢了，媽媽！」

看見她如此，與她同桌的其他人也都只好一同擺出正襟危坐的樣子，不過這還真是痛苦，什麼事也沒有發生的下午，在吞下香氣四溢的紅茶與甜甜的蛋糕，把肚子弄得暖洋洋起來之後，任何人都想要變成一副懶骨頭的模樣。

與龍羽黑同桌的有韓宇庭、黎雅心、砲灰、伊莉莎白和米娜。

「為什麼本姑娘非得在這裡和妳一起吃蛋糕不可？」

「不高興妳可以現在就離開啊！」龍羽黑小小聲地說道，語氣像是把剛剛從紫睛那裡受到的壓力一股腦兒釋放出去般地直衝，又或許她平常和伊莉莎白鬥嘴時本來就是這個樣子。

「不要這樣啊，伊莉莎白，難得我們在校門口遇到羽黑和她的家人，更難得龍媽媽知道我們是她的朋友之後，說要請我們一起吃東西，要知道阿賽兒小姐的蛋糕店平時可是很難預約得到位置的呢！」

「話、話是這樣沒錯啦……但是米娜妳剛剛說什麼，誰跟那條笨龍是好朋友了！」

伊莉莎白如此嘟囔著，卻依舊不停地把蛋糕往嘴巴裡面塞。

「嗚！阿賽兒小姐的蛋糕有某種魔力……」

有著能夠把人放空腦袋的魔力。

「韓宇庭你說得很對，雖然我平常不喜歡吃蛋糕，但還是覺得這家店實在很好吃。」

「砲灰你不要連我的份都想搶，去吃韓宇庭的！」

「黎雅心妳不要這麼小氣嘛！」

「哎呀，請不要爭搶，還有很多蛋糕，請大家不用擔心吃不到。」精靈店主阿賽兒笑吟吟地繼續為他們送上美味的甜點。

「呃，我們這邊也要。」

至於在紫睛、韓媽媽、巫老師與唐老師那一桌，看起來吃相便顯得高雅許多了，真不愧是性格成熟的成年人。

「好的，馬上就來！」

阿賽兒端著空盤優雅地走回了前臺。

「嗚！好吃、好吃！」除了某一個人以外。

「那個……唐老師，請妳不必吃得這麼狼吞虎嚥吧！」

「啊啊，真抱歉，我一碰到這麼好吃的東西就無法控制自己。」唐老師害臊地敲著自己的腦袋瓜。

「沒關係的，妳……您盡量吃吧！」

龍鱗銀面如死灰，聲音平板得彷彿像個機器人。

每一次看見又一盤蛋糕三兩下被唐老師掃光，龍鱗銀的身體就會痛苦得渾身顫抖。要說是因為什麼，在紫睛的注目之下，龍鱗銀沒辦法盡情地享用阿賽兒那好吃得會令人儀態全失的美味蛋糕，姿態優雅的吃相換來的就是緩慢的進食速度，結果龍鱗銀只能心痛地看著蛋糕一份又一份地落入了別人的嘴裡。

龍鱗銀轉頭望向紫睛。

「媽媽，您知道在這種蛋糕吃到飽的時刻就等同於戰爭嗎？」

「是啊，是對自己的戰爭，人時時刻刻都要在內心遵守著禮儀。放任欲望是很不得體的行為。」

「……我明白了。」龍鱗銀垂頭喪氣，看起來已經萬念俱灰。

在這個場上，除了紫睛之外，唯一一名能夠抵抗糖分的魔力而保持神智清醒的只剩下巫老師，巫老師看了看手錶，然後抬頭向眾人致歉，「真不好意思，雖然今天因為舉辦座談會的關係，學生只有上半天的課，可是下午我們老師還有校務會議要開，因此先向各位告別了。」

「咦，等一下，巫老師，我還想再繼續吃……」

「不行了，唐老師，不要以為當了老師就不會遲到啊！」可靠的巫老師拚命拉著流連忘返的唐老師，結果唐老師手上還拿著盤子就這樣不情不願地被拖出去了。

「呵呵，真是青春啊！」韓媽媽伸了一個懶腰，「不瞞您說，其實呢，我也有一份稿件要趕，既然兒子的學校活動結束了，我也想要早一點回去工作，否則之後可是會吃不完兜著走呢！」

「那麼韓宇庭呢？」

「嗯？他就拜託各位照顧了。我想他的年紀都這麼大了，應該不至於會在路上走丟吧，哈哈！」韓媽媽笑著說完之後便從座位上起身，紫睛也很客氣地向她告別。

「好了，現在其他人都不在了。」龍鱗銀的語氣之中不知為何竟然顯得有些高興，「阿賽兒小姐，請再給我一盤蛋糕。」

她總算「優雅、含蓄」而努力地清空了自己面前的蛋糕。

「好的，我看看……哎呀！向您說聲抱歉，目前蛋糕已經沒有存量了喔，下一批蛋糕要等到晚上才出得來了。」

「什麼？」

龍鱗銀嚇得連叉子都掉了地上，但馬上就被紫睛給擰了一下手臂。

「嗚哇，痛、痛、痛！媽媽我知道錯了啦，我馬上撿起來。」

龍鱗銀滿腹委屈地望著空空如也的蛋糕盤，「怎、怎麼會這樣，我都沒吃到多少，這一頓可是我付錢耶……」

然後有好一陣子都意志消沉得不想說話。

紫睛嘆了口氣把自己面前原封不動的甜點推到龍鱗銀面前。

「這、這、這……」

銀髮女子對於母親的舉動感到相當不可置信。

「拿去吧，妳不是很想要吃嗎？」

「謝謝媽媽！」龍鱗銀抑制著想要歡呼萬歲的衝動朝蛋糕進攻起來。

「……真是的。為什麼妳的人類型態性格會是如此？」

看見女兒這副模樣，就連不苟言笑的紫睛也不禁稍稍產生了動搖，露出一絲似有若無的苦笑。

「對了，既然現在其他人都不在，我有些事情想對妳說。」

「說吧……啊，不，是請母親您示教。」

紫睛點了點頭。

「那是關於黑……羽黑的學校之事。」

「您說小黑的學校嗎？是了，您也看到了吧，人類世界的教育水準非常足夠，她在這裡不但可以求取知識，更能夠結交到許多年紀相仿的朋友。嘿嘿！我選擇學校的眼光是不是很有一套啊？」

「我還沒有誇讚妳，請妳不要得意忘形。」

「對不起，媽媽！」

龍鱗銀馬上低頭道歉，不過紫睛並沒有放在心上。

「算了，頭抬起來吧！」紫睛沒好氣地輕輕揮了揮手說，「人類的學校確實是個不錯的環境。

我現在能夠理解妳為什麼這麼堅持要送羽黑到人類世界來求學了，因為人類甚至比我們龍族還要重視下一代的發展。」

「是吧？他們還很用心地舉辦座談會跟示範教學上課給我們看呢！」

「嗯！但我依然有些疑問，這種程度的知識對羽黑來說不會太過粗淺嗎？」

「媽，您要體諒一下，羽黑她畢竟還是頭幼龍啊，即使是龍族，也不是一生下來就知道所有東西的吧？」

「好吧！我可以接受這點。至於我們的鄰居……」

「嗯？」龍鱗銀敏感地抬起了視線。

「他們是極好的人。」

「嘻嘻！」銀髮女子安心地笑了出來。

「本來我還有些擔心你們在這裡過得好不好，但看來我是有些多慮了。」紫睛握著溫熱的茶杯，略為低下頭來說。

「媽媽，我跟翼藍都這麼大了，當然可以好好照顧自己。而且……欸，我們可是巨龍吧，誰有辦法找我們的麻煩啊？」

「妳的性格輕浮，藍翼的性格嘛……他容易多慮，總讓我放心不下。」

龍鱗銀難為情地抓了抓頭，「哎唷！您把我們講得這樣，實在……」

「這跟巨龍的種族沒有關係，你們是我的孩子，擔心自己的小孩，乃是身為母親的天性。」

「啊……」

料不到紫晴居然會說出這種話來，龍鱗銀開口卻不知道應該如何回答。

「不過，你們同時也是九龍。」

上一秒還在感動之中的龍鱗銀，這一秒卻像被閃電打到一樣直起了腰，錯愕地凝望著紫晴。

紫晴依舊是那副沉穩的姿態，靜靜地注視著手中的茶杯，原本平靜的紅茶，竟然不知為何生出了一波一波小小的漣漪不停向外。

龍鱗銀倒抽了一口冷氣，她知道紫晴剛才所說的那一句話，已經不再是身為母親時所作的發言。

「為什麼，您總是這樣？」銀髮女子的眼中露出無法理解以及不甘的情緒，「不是才剛剛……」

「赤牙已經甦醒了。」

驚愕的龍鱗銀瞬間睜大了眼睛。

「至此，八龍已經匯集，等待的時間終將結束。」

「可是就不能再給我們多一點時間嗎？小黑她才剛……」

銀龍所化身的女子急躁地開口，可是紫睛抬起視線，毫無妥協餘地的冰冷目光，筆直射向龍鱗銀，凍結了她想要吐露的每一個字。

「妳知道這段時間以來，我之所以知道了你們在人類世界，卻任憑你們為所欲為不管事的原因嗎？確實如妳所說，你們的自由我不應予以干涉。但是另一方面，自由乃是權利，權利必須伴隨著義務，而這義務妳也很了解。」

龍鱗銀垮到了椅背上，兩眼失焦，表情艱澀地點了點頭。

「我乃九龍之首，有職責召集並完成九龍會議，銀鱗、藍翼，以及……她也無法拒絕。」

乓噹！

放在盤子上的叉子墜落地板，不過這一次紫睛再也沒有心思責備龍鱗銀的失態。

紫睛站起身，走向氣氛和樂融融的另一張餐桌。

韓宇庭他們渾然不知另一張桌子的世界已經風起雲湧，一群好友們依舊開心熱鬧地談話打鬧。

當紫睛出現在他們桌旁時，一夥人立刻禮貌十足地向她問候。

「啊，龍媽媽您好。」

「謝謝您招待我們來吃蛋糕。」

「不用客氣，很高興你們都能夠跟我們家羽黑變成好朋友。」紫晴平和地說道。

「哪裡的話，我們也很高興能跟羽黑當朋友啊！」

紫晴嘉許地微笑。

「不過我有一件事情要告訴你們。」

「請您說吧！」

紫晴點了點頭。

「接下來，龍羽黑必須向各位道別，很快地，她就要離開這裡。」

過於簡單的語氣就像述說著今天的天氣一樣自然，以至於韓宇庭、黎雅心、砲灰、伊莉莎白以及米娜，在每個人都還來不及在大腦中接受到驚愕感以前，紫晴就已經一字一句平緩地說出了下一句話：

「我們將要回魔法世界去了。」

——《隔壁的美少女是隻龍不可以嗎？03》完

高寶書版集團
gobooks.com.tw

輕世代 FW146
隔壁的美少女是隻龍不可以嗎？03

作　　者　甚　音
繪　　者　雨宮luky
編　　輯　林紓平
校　　對　林思妤
美術編輯　林家維
排　　版　彭立瑋
企　　畫　林佩蓉

發 行 人　朱凱蕾
出　　版　英屬維京群島商高寶國際有限公司臺灣分公司
Global Group Holdings, Ltd.
地　　址　臺北市內湖區洲子街88號3樓
網　　址　www.gobooks.com.tw
電　　話　(02) 27992788
電　　郵　readers@gobooks.com.tw（讀者服務部）
pr@gobooks.com.tw（公關諮詢部）
傳　　真　出版部　(02) 27990909　行銷部 (02) 27993088
郵政劃撥　19394552
戶　　名　英屬維京群島商高寶國際有限公司臺灣分公司
發　　行　希代多媒體書版股份有限公司/Printed in Taiwan
初版日期　2015年6月

國家圖書館出版品預行編目(CIP)資料

隔壁的美少女是隻龍不可以嗎？/ 甚音著.-- 初版. -- 臺北市：高寶國際, 2015.06-
冊；　公分. --

ISBN 978-986-361-158-5(第三冊：平裝)

857.7　　103027951

三日月書版

三日月書版

GOBOOKS
& SITAK
GROUP©